庐隐(1898—1934)

《海滨故人》最初发表于《小说月报》(1923)

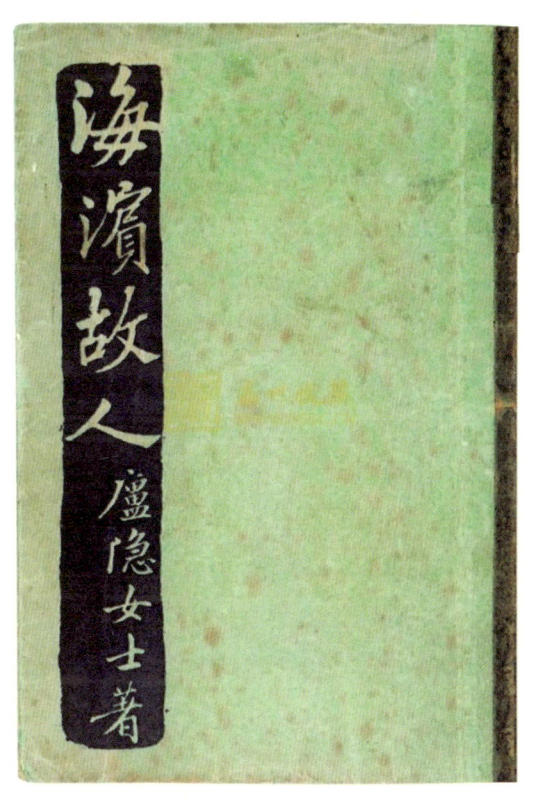

《海滨故人》初版本（1925年，商务印书馆）

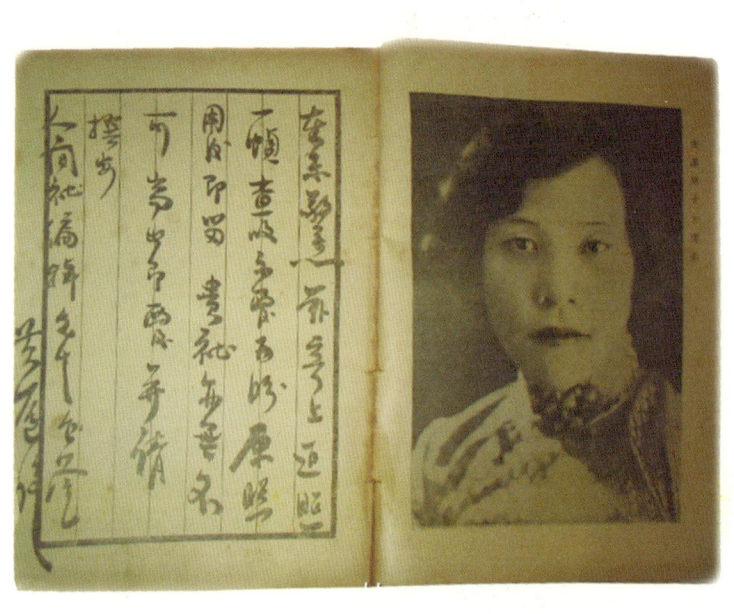

《人间世》杂志刊载的庐隐照片和手迹

新文学丛刊 陈子善 主编

海滨故人

庐隐 著

北京燕山出版社

出版说明

一、本丛书名"新文学丛刊",源自巴金先生上个世纪三十年代主编的"文学丛刊"。如此命名,一是向巴金先生及其主编的"文学丛刊"致敬,二是继承"文学丛刊"的文学精神,接续中国现代文学的文脉。

二、本丛书收录一九一七年新文学发轫至二〇〇〇年中国现当代文学之经典作品(含港澳台地区)。

三、入选作品以原始单行本为主,个别篇幅较小者,则以合集形式出版。

四、入选作品均以初版本为底本,为保留作品的原始文字风格和时代特点,不依现代汉语规范其字词、标点、语法、人名、地名、术语、译名等。初版本中的作者笔误、排印错误、外文拼写错误等,则予以改正。

五、本书系设置前插与附录,前插展示与作者、作品相关的资料性图片,如作者肖像、作者手迹、初版本书影等;附录收入与作品创作、修订、解读、版本研究相关的文章。入选作品如有经典的、具有艺术影响力的插图作品,也予以收入。

目录

CONTENTS

总序 / 001

一个著作家 / 001
一封信 / 009
两个小学生 / 017
灵魂可以卖吗? / 024
思潮 / 033
余泪 / 037
月下的回忆 / 046
或人的悲哀 / 050
丽石的日记 / 067
彷徨 / 079
海滨故人 / 091
沦落 / 150
旧稿 / 173
前尘 / 178

附录

黄庐隐 / 199

庐隐论 / 203

总　序

陈子善

早在六十年前,新文学收藏家、翻译家周煦良先生写过一篇有名的《读初版书》。他认为:

> 一般说来,收藏初版书的动机不外两种:以书重和以人重。一本书受到广大读者的欢迎,印过许多版子,被公认为名著,于是这本书的初版便受到重视了;一个成名的作家拥有许多读者,有些读者专门收集这位作家的作品,于是他的一些早年不出名的著作也就在搜罗之列了,甚至具有更高的收藏价值,因为印行较少的缘故。①

---

① 周煦良:《谈初版书》,上海:《文汇报·笔会》,一九五六年十一月十三日、十四日。转引自《周煦良文集(一)·舟斋集》,上海译文出版社,二〇〇七年,第三百五十页。

他甚至用诗一般的语言来形容文学作品的初版本:

> 初版书所以受到藏书家的珍爱,除了上述理由之外,还因为它是最初和世人见面的本子;在书迷的眼中,仿佛只有它含有作者的灵魂,而其他重版本只能看作是影子。①

当然,周煦良先生主要是从收藏的角度来讨论文学作品的初版本。然而,如果从鉴赏的角度、从研究中国现当代文学史的角度来看待初版本,其至关重要的不可替代的学术价值也是不言而喻的。

一部文学创作的初版本,无论小说集、诗集、散文集、剧本还是评论集,都是这部作品最初与读者见面的文本,也即这部作品得以行世的初始面貌。此后如果重印,二版、三版、四版……由于各种各样的甚至极为复杂的原因,作者很可能对初版本进行修改、增删、调整,除了正文的修订,还包括序跋的增删、书名的更换、装帧的变动等。这就在这部作品的初始文本与以后的各种文本之间形成一种张力,一种可供进一步阐释的甚至是完全不同理解的张力。对之进行系统研究,从手稿到初版本到以后各种不同版本的系统研究,即西方文学理论所谓"文本发生学"

---

① 周煦良:《谈初版书》,上海:《文汇报·笔会》,一九五六年十一月十三日、十四日。转引自《周煦良文集(一)·舟斋集》,上海译文出版社,二〇〇七年,第三百五十一页。

的研究。① 又因为二版以后的版本随着印数的提高容易流传开来,许多新文学作品的初版本,虽然极为重要,却往往反而湮没不彰。

由此可见,要研究中国现当代文学史,探讨文学史上的一部重要作品,就不能不关注该作品的版本变迁,而要关注该作品的版本变迁,就不能不特别注重其初版本。"五四"新文学勃兴以来的名著,如鲁迅《呐喊》、胡适《尝试集》、郭沫若《女神》、郁达夫《沉沦》、徐志摩《志摩的诗》、巴金《家》、茅盾《子夜》、沈从文《边城》、曹禺《雷雨》、老舍《骆驼祥子》、张爱玲《传奇》、钱锺书《围城》等的初版本,近年来就越来越受到学界和许多现代文学作品爱好者的关注。以初版本为底本,对这些名著进行比勘、汇校和释读的工作,即现当代文学的版本学研究,也比以往任何时候更得到重视。

鉴于此,为了给中国现当代文学研究者提供已经不易见到的重要作品的初版本,也为了使一般读者特别是青年读者增加阅读现当代文学作品的兴趣,我们策划编选了这套"新文学丛刊"。丛书包括中国现当代文学史上已有定评的小说、散文集、诗集、剧本乃至评论集的初版本,也注意发掘尚未被文学史家注意但确实具有艺术特色的作品的初版本。

---

① 英国文学理论家拉曼·塞尔登认为:"版本目录学考察一个文本从手稿到成书的演化过程,从而探寻种种事实证据,了解作者创作意图、审核形式、创作中的合作与修订等问题,从二十世纪八十年代出现的这种考察程序一般被称作'发生学研究'(Genetic Criticism)。"参见《结论:后理论》《当代文学理论导读》,刘象愚译,北京大学出版社,二〇〇六年,第三百三十二页。

我们希望这套丛书的陆续出版,将形成一个独特的系列,有利于中国现当代文学的教学和研究,从而对深入梳理丰富而又复杂的中国现当代文学史有所推动,对中国现当代文学经典作品更好地传播有所助益。

期待海内外广大读者的批评指教。

中篇小说《海滨故人》最初发表于一九二三年《小说月报》第十四卷第十号太戈尔号。小说集《海滨故人》于一九二五年七月由商务印书馆初版。

本书据一九二五年商务印书馆初版本重排。

一个著作家

他住在河北迎宾旅馆里已经三年了,他是一个很和蔼的少年人,也是一个思想宏富的著作家;他很孤凄,没有父亲母亲和兄弟姊妹;独自一个住在这二层楼上靠东边三十五号那间小屋子里;桌上堆满了纸和书;地板上也满了算草的废纸;他的床铺上没有很厚的褥和被,可是也堆满了书和纸;这少年终日里埋在书丛纸堆里,书是他唯一的朋友;他觉得除书以外没有更宝贵的东西了!书能帮助他的思想,能告诉他许多他不知道的知识;所以他无论对于那一种事情,心里都很能了解;并且他也是一个富于感情的少年,很喜欢听人的赞美和颂扬;一双黑漆漆地眼珠,时时转动,好像表示他脑筋的活动一样;他也是一个很雄伟美貌的少年,只是他一天不离开这个屋子没有适当的运动,所以脸上渐渐退了红色,泛上白色来,坚实的筋肉也慢慢松弛了;但是他的脑筋还是很活泼强旺,没有丝毫微弱的表象;他镇天坐在书案前面,拿了一枝笔,只管写,有时停住了,可是笔还不曾放下,用左手托着头部,左肘支在桌上不住的沉思默想,两只眼对着窗外蓝色的天凝然神注,他常常是这样。有时一个黄颈红冠的啄木鸟,从半天空忽的一声飞在他窗前一棵树上,张开翅膀射着那从一丝丝柳叶穿过的太阳,放着黄色闪烁的光;他的眼珠也转动起来,丢了他微积分的思想,去注意啄木鸟的美丽和柳叶的碧绿;到了冬天,柳枝上都满了白色的雪花,和一条条玻璃穗子,他也很注意去看,秋天的风吹了梧桐树叶刷刷价响或乌鸦噪杂的声音,他或者也要推开窗户望望,因为他的神经很敏锐,容易受刺激;遇到春天的黄莺儿,在他窗前的桃花树上叫唤的时候,他竟放下他永不轻易放下的笔,离开他亲密的椅和桌,在屋子里破纸堆上慢慢踱来踱去的想;有时候也走到窗前去呼吸。

今天他照旧起得很早,一个红火球似的太阳,也渐渐从东方向西边来,天上一层薄薄的浮云,和空气中的雾气都慢慢散了;天上露出半边粉红的采云,衬着那宝蓝色的天,煞是姣艳,可是这少年著作家,不很注意,约略动一动眼珠,又低下头在一个本子上写他所算出来的新微积分,他写得很快,看他右手不住的动就可以知道了。

"啹嘟!啹嘟!"一阵钟声,旅馆早点的时候了,他还不动,照旧很快的往下写,一直写,这是他的常态,茶房看惯了,也不来打搅他;他肚子忽一阵阵的响起来,心里觉得空洞洞地;他很失意的放下笔,踱出他的屋子,走到旅馆的饭堂,不说什么,就坐在西边犄角一张桌子旁,把馒头夹着小菜,很快的吞下去,随后茶役端进一碗小米粥来,他也是很快的咽下去,急急回到那间屋里,把门依旧锁上,伸了一个懒腰,照旧坐在那张椅上,伏着桌子继续写下去,他没有什么朋友,所以他一天很安静的著作,没有一个人来搅他,也没有人和他通信;可以说他是世界上一个顶孤凄落寞的人;但是五年以前,他也曾有朋友,有恋爱的人;可是他的好运现在已经过去了！

　　一天下午河北某胡同口，有一个年纪约二十上下的女郎，身上穿戴很齐整的，玫瑰色的颊，和点漆的眼珠，衬着清如秋水的眼白，露着聪明清利的眼光，站在那里很疑迟的张望；对着胡同口白字的蓝色牌子望，一直望了好几处，都露着失望的神色，末了走到顶南边一条胡同，只听她轻轻的念道："荣庆里……荣庆里……"随手从提包里，拿出一张纸念道："荣庆里迎宾馆三十五号……"她念到这里，脸上的愁云惨雾，一刹那都没有了；露出她姣艳活泼的面庞，很快的往迎宾旅馆那边走；她走得太急了，脸上的汗一颗颗像真珠似的流了下来；她用手帕擦了又走；约十分钟已经到一所楼房面前，她仰着头，看了看匾额，很郑重的看了又看；这才慢慢走进去，到了柜房那里，只见一个五十岁上下的老头儿，在那里打算盘，很认真的打，对她看了一眼，不说什么，嘴里念着三五一十五，六七四十二，手里拨着那算盘子，滴滴嗒嗒的响；她不敢惊动他，怔怔在那里出神，后来从里头出来一个茶房，手里拿着开水壶，左肩上搭了一条手巾，对着她问道："姑娘！要住栈房吗？"她急忙摇头说："不是！不是！我是来找人的。"茶房道："你找人啊，找那一位呢？"她很迟疑的说："你们这里二层楼上东边三十五号，不是住着一位邵浮尘先生吗？""哦！你找邵浮尘邵先生呵？"茶房说完这句话，低下头不再言语，心里可在那里奇怪，"邵先生他在这旅馆里住了三年别说没一个来看过他，就连一封信都没人寄给他，谁想道还有一位体面的女子来找他！……"她看茶房不动也不说话，她不禁有些不自在，脸上起了一朵红云和烦闷的眼光表示出她心里很急很苦的神情！她到底忍不住了！因问茶房道："到底有没有这个人啊，你怎么不说话？""是！是！有一位邵先生住在三十五号，从这里向东去上了楼梯向右拐，那间屋子就是，可是姑娘你贵姓啊？你告诉我好给你去通报。"她听了这话很不耐烦道："你不用问我姓什么，你就和他说有人找他好啦！""哦！那末，你先在这里等一等我去说来；"茶房忙忙的上楼去了；她心里很乱，一阵阵地乱跳，现着忧愁悲伤的神色，眼睛渐渐红了，似乎要哭出来，茶房来了道："请跟我上来罢！"她很慢的挪动她巍颤颤的身体，跟着茶房一步步的往上走；她很费力，两只腿像有几十斤重！

少年著作家，丢下他的笔，把地板上的纸拾了起来，把窗户开得很大，对着窗户用力的呼吸，他的心跳得很利害！两只手互相用力的摩擦，从屋子这头走到那头，来往不住的走；很急很重的脚步声，震得地板发响，楼下都听见了！"邵先生客来了；"茶房说完忙忙出去了，他听了这话不说甚么，不知不觉拔去门上的锁匙，呀！一声门开了，少年著作家和她怔住了！大家的脸色都由红变成白，更由白变成青的了！她的身体不住的抖，一包眼泪，从眼眶里一滴一滴往外涌；她和他对怔了好久好久，他才叹了一口气，轻轻的说道："沁芬！你为甚么来？"他的声音很低弱，并且夹着哭声！她这时候稍为清楚了，赶紧走进屋子关上门，她倚在门上很失望的低下头，用手帕蒙着脸哭！很伤心的哭！他这时候的心，几乎碎了！想起五年前她在中西女塾念书时，有一天下午，正是春光明媚，她在河北公园一块石头上坐着看书，他和她那天就认识了，从那天以后，这园子的花和草——就是那已经干枯一半的柳枝，和枝上的鸟，都添了生气，草地上时常有她和他的足迹;长方的铁椅上,当下午四五点钟的时候,有两个很活泼的青年,坐在那里轻轻的谈笑;来往的游人,往往站住了脚,对她和他注目,河里的鱼,也对着她和他很活泼地跳舞!哼!金钱真是万恶的魔鬼,竟夺去她和我的生机和幸福!他想到这里,脸上颜色又红起来,头上的筋也一根根暴了起来,对着她很决绝的道:"沁芬!我想你不应该到这里来!……我们见面是最不幸的事情!但是……"她这时候止住了哭,很悲痛的说道:"浮尘!我想你总应该原谅我!……我很知道我们相见是不幸的事情!但是你果然不愿意见我吗?"她的气色益发青白得难看,两只眼直了,怔怔地对着他望,久久的望着:他也不说甚么,照样的怔了半天,末后由他绝望懊恼的眼光里掉下眼泪来了!很沉痛的说道:"沁芬!我想罗濒他的运气很好,他可以常常爱你,作你生命的寄托!……无论怎么样穷人总没有幸福!无论什么幸福穷人都是没份的!"她的心实在要裂了!因为她没能力可以使浮尘得到幸福!她现在已经作了罗濒的妻子了!罗濒确是很富足,一个月有五百元的进项,他的屋子里有很好的西洋式桌椅;极值钱的字画,和温软的绸缎被褥,钢丝的大床;也有许多仆人使唤,她的马车很时新的,并且有强壮的高马,她出门坐着很方便;但是她常常的忧愁,锁紧了她的眉峰,独自坐在很静寞的屋里,数那壁上时计摇摆的次数;她有一个黄金的小盒子,当罗濒出去的时候,她常开了盒子对着那张相片,和爱情充满的信和诗神往,有时微微露出笑容,有时很失望的叹气和落泪!但是她为了甚么?谁也不知道!就是这少年著作家也不知道!她现在不能说甚么,因为她的心已经碎了!哇的一声,一口鲜红的血从她口里喷了出来;身体摇荡站不住了!他急了顾不得甚么,走过去扶助她,她实在支持不住了!她的头竟倒在他的怀里,昏过去了!他又急又痛,但是他不能叫茶房进来帮助他,只得用力把她慢慢扶倒自己的床铺上,用开水撬开牙关,灌了进去;半天她才呀的一声哭了!他不能说甚么,也呜咽的哭了!这时候太阳已经下了山,他知道不能再耽误了!赶紧叫茶房喊了一辆马车送她回去。

　　她回去就病了,玫瑰色的颊和唇,都变了青白色,漆黑头发散开了,披在肩上和额上,很憔悴的睡在床上,罗濒急得请医生买药,找看护妇,但是她的血还是不住的吐!这天晚上她张开眼往屋子里望了望,静悄悄地没一个人,她自己用力的爬起来,拿了一张纸和一枝笔,已经辛苦得出了许多汗,她又倒在床上了!歇了一歇又用力转过身子,伏在床上,用没力气的手在纸上颤巍巍地写道:"我不幸!生命和爱情,被金钱强买去!但是我的形体是没法子卖了!我的灵魂仍旧完完全全交还你!一个金盒子也送给你作一个纪念!你……"她写到这里,一口鲜血喷了出来,满纸满床,都是腥红的血点!她忍不住眼泪落下来了!看护妇进来见了这种情形,也很伤心,对她怔怔的望着;她对着看护妇点点头,意思叫她到面前来,看护妇走过来了;她用手指着才写的那信说道:"信!折……起……"她又喘起来不能说了!看护妇不明白,她又用力的说道:"折起来……放在盒子里……""啊呀!"她又吐了!看护妇忙着灌进药水去!她果然很安静的睡了;看护妇把信放好,看见盒子盖上写着"送邵浮尘先生收",看护妇心里忽的生出一种疑问,她为甚么要写信给邵浮尘?"啊呀?好热!"她脸上果然烧得通红;后来她竟坐起来了!看护妇知道这是回光返照；她已是没有多少时候的命了！因赶紧把罗濒叫起来；罗濒很惊惶的走了进来，看她坐在那里,通红的脸,和干枯的眼睛又是急又是伤心！罗濒走到床前,她很恳切的说道："我很对不住你！但是实在是我父母对不起你!"她说着哭了！罗濒的喉咙,也哽住了,不能回答,后来她就指着那个盒子对罗濒说道："这个盒子你能应许我替他送去吗？"罗濒看了邵浮尘三个字,一阵心痛,像是刀子戳了是的,咬紧了嘴唇,血差不多要出来了！末后对她说道："你放心！咳！沁芬我实在害了你!"她一阵心痛,灵魂就此慢慢出了躯壳,飘飘荡荡到太虚幻境去了！只有罗濒的哭声和街上的木鱼声,一断一续的兀自伴着失了知觉的沁芬在枯寂凄凉的夜里！

隔了几天在法租界的一个医院里,一天早晨来了一个少年——他是个狂人——,披散着一头乱蓬蓬地头发,赤着脚,两只眼睛都红了,瞪得和铜铃一般大,两块颧骨像山峰似的凸出来,颜色和蜡纸一般白,简直和博物室里所陈列的骷髅差不多；他住在第三层楼上,一间很大的屋子里；这屋子除了一张床和一张桌子药水瓶以外,没有别的东西；他睡下又爬起来,在满屋子转来转去,嘴里喃喃的说,后来他竟大声叫起来了,"沁芬！你为甚么爱他！……我的微积分明天出版了！你欢喜吗？哼！谁说他是一个著作家？——只是一个罪人——我得了人的赞美和颂扬,沁芬的肠子要笑断了！不！不！我不相信！啊呀！这腥红的是甚么？血……血……她为甚么要出血？哼！这要比罂粟花好看得多呢!"他拿起药瓶狠命往地下一摔,瓶子破了！药水流了满地；他直着喉咙惨笑起来；最后他把衣服都解开,露出枯瘦的胸膛来,拿着破瓶子用力往心头一刺;红的血出来了,染红了他的白色小褂和裤子,他大笑起来道:"沁芬!沁芬!我也有血给你!"医生和看护妇开了门进来,大家都失望对着这少年著作家邵浮尘只是摇头叹息!他忽的跳了起来,又摔倒了,他不能动了,医生和看护妇把他扶在床上,脉息已经很微弱了!第二天早晨六点钟的时候,这个可怜的少年著作家,也离开这世界,去找他的沁芬去了!

一封信

冬天的日子实在太短,现在太阳只露着些微弱的残照,射在玻璃公司的黑烟筒上,一闪一闪的放光。屋子里也渐渐黑上来,但那火炉里熊熊的火光,却照耀着地毯现出一片红润;我坐在炉边一张卧椅上,四面沉寂的空气围绕着我,差不多要睡着了。

铛啷啷一阵电话铃响,我就赶忙走过去接了,原来是我的朋友王彝西的电话,约我到她家里参观她们的家庭康乐会的成立会,我很高兴的答应了,披上围巾,戴上手套,叫了一辆车子,约有一刻钟就到了。许多来宾已经都坐在礼堂里,我进去也照样的坐下,恰好才开会。她的兄弟克逊报告了开会的宗旨——建设新家庭为改造社会的基础——跟着就是她小弟弟仕予,年纪只有七岁,也有一篇很明了恳切的演说,满屋子鼓掌的声音,劈拍劈拍响个不住;后来她们姊妹三人又有一个很美丽的跳舞,约有一点钟这会开完了。来宾出了礼堂,散在各屋子,三五成群的谈笑,我就和彝西还有几个同学围着炉子成一个半圆圈坐着,大家说故事猜谜;热闹极了;在这个令人快愉充满心田的景象中,忽然我心里起了一个念头,因问彝西道:"清漪有信来吗?"彝西听了这话并不答言,凝神从他衣袋里拿出一封信来,我心里很

急,等不到她递给我,早就夺过来了。文宣她们也急着要看,因而我就把这封信高声念了出来,下面的话,正是清漪说的:

"我亲爱的老友彝西:我们又有两个礼拜没通信了——因为没甚么可告诉你的话,所以也就不写,昨天我忽得到一件很可怜的消息——这个你应该也是这样想;前几个月,你到我家里来,梅生不仍旧是一个很活泼天真的小女孩子吗?我想你总能记得她今年只有十五岁;但是她是一个很微弱可怜的小羊,她的母亲没有能力保护她,因为没有饭和衣服,使她很活泼的生长,所以当她十二岁的时候,就常到我家里帮她母亲作活——她母亲在我家佣工差不多够八年了——那时候我就很爱她,每逢我有空的时候,常常教她认字;她很聪明,一双漆黑明亮的眼珠,你不是也称赞过她吗?我很佩服你的眼光,她实在是一个天才!

我曾记得有一次,从学堂里回来,抄了一个很好听的唱歌,我就和着钢琴唱了两遍,她在旁边凝神听着,等我唱完了,她笑嘻嘻和我说她也愿意唱这个歌,要我教她,我想她通共只认了不到二百个字,怎能唱这歌呢?我就告诉她说:'你没有这个能力,等过些日子再教你。'她听了这话很不高兴,后来她再三说她要试试看,我没法子,就教了她一遍,老友!你猜怎么样?她竟唱出来了!如此的才质,我真没有多见呢!

我自从知道了梅生的天才,我格外的喜爱她,这时候我家里曾请一个先生教我弟妹,因也叫梅生和他们一齐念书;她的精神益发畅快活泼,一直这样过了两年,她已经是十四岁了。她的母亲因为要到乡下看她外祖母去,也要把她带回去,过了一年萧妈仍旧到我家来,但是梅生竟没同来,我心里很奇怪就问她,萧妈还未答言,已经先哭了!

呀!老友!可怜的历史,就从此开始了!

萧妈哭了半天,才断断续续的说道:'小姐!梅生……死……死了!……唉!'

我听了这一句话,心里不知是苦是愁!呀!老友!一个人若是忽然听见她凤昔所爱的人好好的便死了;这不是一件很伤心的事情吗?……

但是梅生到底为甚么死的呢?我不能不追问;后来听萧妈说,才知道梅生因为她外祖母病了,没钱买药,和他们庄子上陈大郎借了二十块钱,陈大郎本是一个'为富不仁'的恶棍,他看见梅生就起了不良的心,所以才把钱借给她!

老友!你想乡下人知道甚么?何曾知道因这有限的二十块钱,便把个可爱的孩子——或者将来的天才——送掉了!

有一天晚上,濛濛的细雨。把个村庄浇得非常湿润,在村子东头有一间小茅屋,外面的篱笆墙已经倒了一半,茅屋的土墙也破了一个洞,从这洞里露出一线黯淡的灯光,射在那棵小枣树的树枝上,树枝被风吹得上下飘宕,隐隐约约好像是一个美人在那惨绿灯光下跳舞似的。这时候屋子里发出一阵呻吟的声音,一个七十多岁的老媪,睡在木板床上,这上头除了一捆稻草,和一床又薄又破的被窝以外,没有别的。一个中年妇人,坐在这老媪的床沿,"愁眉不展"脸上露出无限愁苦憔悴的形状,不住用手替睡在床上的老媪,在胸口上不住的摩挲,屋角有一个三脚破炉,上头斜放着一个沙吊子,那炉子里有几块烧残的煤球,还有些许火气,旁边站着一个满身褴褛的女孩子,面上黑灰涂满了,但是她那明亮的眼珠;和雪白的牙齿;红润的嘴唇;苦闷,肮脏,却掩不住她的秀媚聪明!

这时候忽听中年妇人轻轻的说道:

'梅生呀!这屋子露风,……外婆怕吹,你想个法子把他补上罢!'

老友!你看到这里,应该很明白这屋里的老媪。就是萧妈的妈;中年妇人就是萧妈了,至于那个可爱的女孩子,除了梅生还有谁呢?呀!可怜呵!老友!梅生的外婆年纪很大,况且又没钱调养,所以不到十几天,这个'睡病呻吟'的老媪,便两眼一闭,七十五年的岁月,就此结束了!

梅生外婆死的时候,身上只有一件很薄的棉袄和一条破旧的棉裤,此外除了一张破桌子,和一个三脚火炉沙吊子,更没有甚么,现在人虽死了,药钱可以不必再费,但是埋葬的一笔款怎么样呢?先借陈大郎的十块钱,早就用得精光,萧妈左思右想,也想不出一个好法子来,末后还是托人向陈大郎又借了十块钱,买了一口薄棺材,把老媪装起来,葬在义冢上,萧妈的心事才算完了。但是借陈大郎的钱又怎么还呢?

老友呀!我知道你必定也要发这个疑问。

梅生这天一早起来,一轮红日正射在这茅屋上,屋子里立刻明亮了,梅生帮着她妈收拾床上的稻草,和扫净地上的灰尘;萧妈坐在床上包他们几件已经破了的衣裳;预备第二天早上回北京。这时候忽听见篱笆旁的一个老黑狗汪汪叫个不住,梅生掀开那破穴上补的纸向外张望,只见一个年约三十八九岁的男人正向里走……一直走到屋里。

'啊唷,陈老爷你来啦?……怎么好?钱!'

'钱啊?日子真好快,眼看又到了秋天收获的时候了。佣人割粮食,正等着用钱呢!'

老友呀!你想萧妈她一年到头的辛苦,只有三十多块钱的进项,她吃饭穿衣那一样少得了钱?一时那有二十块钱拿出来还人家呢?我听萧妈说到这里,很替她为难!你觉得怎么样?

过了两天庄上的刘二——陈大郎的管家——又来了,立逼着萧妈还钱,并且不只二十块,连本带利二十五块呢!她有甚么法子还?只好再三再四的恳求陈大郎暂宽些时;但是陈大郎本居此为奇货,又怎能放松她们呢?后来陈大郎竟越发狠起来,他说若是不还钱,就要到县里去打官司。可怜萧妈吓得只是发抖。

老友你应当知道,法庭待乡下人是甚么样?那一群如狼似虎的衙役,和可怕森严的公堂;什么人见了都是胆寒。

萧妈她自然不敢去了!但是陈大郎的目的达到了!……

老友穷人真是可怜呢!……甚么是世界,简直是一座惨愁怨苦的地狱!

在一天下午,庄南那所高大青砖瓦房,东边上屋里,一个年纪三十多岁的妇人,脸上的脂粉涂得极厚,把本来青黄色的皮肤都遮过了;但那干枯细长的皱纹,反被粉衬得格外显明;一双狠毒而嫉妒的眼珠,露着逼人的凶光;穿着一身花缎的衣裤,盘脚坐在床上,床中间放着一份抽大烟的器具;烟杆上还留着抽余的烟灰;这时候门外走进一个三十左右岁的男人,头上戴着瓜皮小帽,身上穿着一件蓝布大衫,像是听差模样,向这妇人道:'太太那件事情已经打听着了,大约老爷的意思太太总是知道的,小人

不敢胡说。'

这妇人很愤恨的大声说道:'死不长进的老货!……她现在到底在那里?赶快把她带进来!'

仆人应了一声'是'退出去,没有五分钟的工夫带进一个人来,眼中充满了泪水,映着太阳亮晶晶发出愁苦惧怕的光来;两只腿索索地抖个不住!低着头跟这仆人向里走,才一进门,这妇人睁大了她那赛铜铃的眼珠,把这个微弱失去保护的小羔羊,上下打量个不住!末后忽听她从鼻子里哼了一声道:'模样倒还妖精似的,怪不得惹得他——那个恶鬼——千方百计弄了来!好呀!我可叫你们安生呢!'

末后这妇人自言自语的说了半天,她的气越说越旺,竟厉声向梅生道:'你既到了我这里,第一要知道规矩,早上天没亮就得起来,扫院子,烧火,预备开水;晚上伺候着我们都睡了才许你睡,没得我的话,不准和别的人说一句话,或出这屋子一步,晚上就拿张板凳在门后头搭铺睡觉……这些话,都听见了没有?'梅生吓怔了,不知要说甚么? 这妇人看她不应,走过去,伸出手来,狠命在她左右颊上打个不休;牙血和鼻血染了她的大襟和脸上,斑斑点点好像开残的桃花落片,但这妇人怒气还没消,听梅生痛哭,益发火上加油,从床底下拿一块棉花塞住她的嘴,从墙上摘下一根藤鞭,用力毒打!

老友啊! 可怜她细嫩的皮肉上,怎经得起这无情的夏楚呢? 我写到这里,我的眼泪已经不能安份在泪胞里存着,竟夺眶而出了,你也有同情吗?"

我把这封信念到这里,我的心跳起来;我的眼泪充满了眼眶,遮住了瞳人,我竟不能再往下念了,彝西和文宣她们,也低下头不说甚么,这时候屋子里十分沉静,只听见风吹树枝,刷拉刷拉的响,和远远狗叫的声音罢了!停了好久,我又续着念下去:

"梅生遭了这顿毒打,竟痛得昏沉过去,第二天满身都露着青紫的伤痕和浮肿;活泼的眼睛也失了清莹皎洁的光;眼皮肿了起来,像两个核桃是的。

萧妈听了这个消息,赶紧跑到那里,但陈家的仆人不许她进去,她没能力反抗,站在门口痛哭了一阵,自己回去了!

过了几天,陈家后院厕所旁边,有一间矮小的破屋子,窗格子已经披风打得斜在一边,从这窗户看进去,很模糊,看不见甚么,因为太阳已经下山了,但那细弱的呻吟声,和惨凄的哭声,却顺着风吹过来,末后在这呻吟声中更夹一种哀厉的呼声'妈呀!……痛……天啊!'喊了许久,但是没有一个人应她,或安慰她!若有只是那冥冥中的上帝罢了!

哀号的声音,渐渐微弱,还余着些许断续的呻吟声,如此支持了一夜,直到第二天的阳光重照到这个破屋子来的时候,那微弱的小羔羊面上露着笑容,因为她已经离开这五浊世界,人间地狱,到极乐园去了!

老友!梅生的结果就是如此了!我所要告诉你的,也就由此告一段落,但是老友!你对于这段悲剧觉得很平常吗?……我心里不知为什么,好像有一种东西填住了我的气管似的,我实在觉得不平!……这或许是我没有多经验,你以为怎样呢?……可是你再来我家的时候,永不能见那个聪敏可爱的小孩子了!只有她的影子,和她的命运,或者要永久存在你脑子里,因为这是很深的印象!再谈!"

我把这封信念完了。大家仍旧沉默,回想前一点钟彝西姊妹兄弟开会的乐趣,大家不能再愉快,因为愁苦的同情充满了大家的心田!

铛铛铛,壁上的钟一连响了十下,这才觉得时候已经不早,遂都分途回去;我也坐了车子,趁着昏沉的夜色,映着几点的疏星,冒着寒风晚雾回来,到了家里,这个很深的印象,仍不住在我脑子里回旋,直到现在!……

两个小学生

国枢今天早晨绝早就起来了。月儿的倩影还隐约云端,偷窥世人未醒的酣梦呢?他急急穿好衣服,也顾不得吃点心,背上他的小书包——里面装着昨夜他亲爱的母亲替他预备的饼和鲜黄色甜美可口的鸡蛋糕;还有红如胭脂的苹果——他含着微微的笑容;轻轻走出街门,向东约走一里多路,他便站在一家红漆大门前面用小手轻轻拍了两下:呀的一声门开了;一个年纪和他相仿佛的孩子,也含着微微的笑容,愉快的眼光,走上前来,拉着国枢的手,两人并肩走到靠西边的一间书房里去。国枢带着喜悦和惶恐疑惧的心情,轻轻问他的小伴侣道:"坚生——你母亲没有拦阻你吗?"

"可不是吗?我几乎急得要哭了,后来还是我姊姊说也去,母亲才答应了!你呢?……"

国枢听坚生问他,含着笑道:"我也是和你一样;母亲起先一定不许我去,她说:'这么点小孩子,也学管那些事;请甚么愿?倘若闯出祸来,岂不是白吃亏吗?没的吓得爹妈的心都碎了!'我没有说话,但是我就急得哭起来了!我爹爹想了半天才说:'他们学生去请愿,按理说只有有效没效罢了。断不至有甚么意外的祸事,他既是一定要去,也就让他去,小孩子们也应该使他们锻炼锻炼。'我母亲这才没说甚么,末了又嘱咐我早点回去,……我还怕她今天早起又许翻悔,不叫我去,所以我一早就出来了,也没告诉她呢。"

坚生道:"我们今天去了,不知总统答应我们的要求不答应呢?……现在快七点了,我们快去吧!你看这天上的雨还没止住,母亲要是知道一定不叫我们去呢!"

"对啦!我们赶紧走吧!"

说着他们俩手牵着手走出大门,天上布满着阴云,雨点如联珠般淅淅沥沥落个不止;他们两个并无些许畏怯的样子,活泼泼地支着一把雨伞往前走去;脚底下沾满了滑泥,几次要滑倒,但是他们互相牵扯着,才没有摔下去。

几个他们的同伴,从远远走过来了,彼此含笑取下帽子行了早晨见面的礼;络续着走向白色粉墙。那边一个黑油漆大门里去,大门的两旁还挂着两块五尺长的木板,写着北京公立第二高等小学校字样,他们进去了。但是满院里站满了他们的同学,正在乱糟糟搬运白纸小旗,见他们俩进来了,很欢迎地叫道:"呀!你们来了,好啊!"说着递过两面旗子来,他们接了旗子,见大家都按着秩序,排起队伍来,也就赶紧插进队中,一个稍大的学生——他们的代表,站在高台阶大声的说道:"今天我们大家为了教育的前途,都抱着绝大牺牲去和政府请愿,但愿诸位亲爱的同学,还要有坚持到底的精神,人人不要露出畏怯的气象,并且在街上走的时候,大家更要保持好秩序,现出我们学生无上的尊严。"

他的话说完,仍回到队中,这时候大家脸上都露出勇敢庄严的样子来,在他们队伍的前面,那一个年纪最小的汴忱,披着满肩的黄黑色的头发,挺直胸膛,含着微微的笑容,头也不回地,跟着大队前面两个拿旗子的学生向前去。现在走到转弯的地方了,国枢一眼正看见他那小同学尊严的样子,立刻受了暗示,更直起他们的身体,放齐他们的脚步。

不久他们的目的地到了,那金字辉煌的高等师范学校的匾额已在面前,他们益发振起精神,用整齐和谐的脚步向操场里面去,忽听见耳旁刷剌、刷剌的声音,好似风吹落叶那般清脆,眼前一片白旗,上下飞舞,有如穿花蝴蝶活泼而踊跃,这就是所有的学生,欢迎他们的小朋友的诚意;他们脸上都含着笑容,但是无论他们怎样的伪饰,那一种深藏灵府的惨愁悲愤的情绪仍旧不时的流露出来;看着他们纯洁无瑕的小朋友,满身淋着无情的愁雨,沾着泞腻的污泥,衬着他们时时振作活泼的精神,益发使他们灵魂上感受一种委曲难伸的苦痛,大家不约而同的寂静了,只听见微微地叹息声,在空中回旋萦绕,含着无限悲哀恻怨的味道。

哨子响了,大家都预备着进发,于是踏踏的脚步声充塞在空气里头,大队直向西长街公府门口走去,街上过路的人,看了这个大队——冒雨前进的大队,不禁受了一种暗示,竟停止他们的脚步,忘了他们所急要作的事,只是怔怔地站在那里——无限怀疑的表示,有的和他的同伴说:"这不知又为了甚么事呢?这些个学生们究竟也想不开,放着优游行乐的地方,不去开心,却来这大雨底下淋着,莫非说他们这么作,就能感动那衣冠禽兽的什么……这些孩子们更是无辜受罪了!"国枢听了那人的话,不觉抬头对他望望,只见那人眼圈红着,眉峰皱着,似乎要哭的样子,自己也不知道为甚么,就觉得鼻子一酸,落下泪来。坚生一回头,正好看见,不知甚么缘故,因轻轻地扯他的手道:"是不是冷了,肚子痛吧!"国枢喉咙里哽咽得不能回答,只是摇摇头,坚生正要再往下推究的时候,不提防花拉一声,两人都吓怔了。

公府面前那两扇大铁门,现在闭得紧紧的——适才惊人的声响,就是这个拒绝公道的铁门作他胜利的快鸣呢!——一队队的黄衣卫兵和警察,层层叠叠地站满了公府的门前,凶狠狠地对着这些手无寸铁的学生,就好似身临十万雄兵大敌的,——他们聚精会神的各处调派救兵,后盾埋伏,煞费苦心啊!但是学生们为了公理而来,公理就是他们的唯一的兵器,对着这些——兵士和武器,他们并不畏怯,停止在公府的门口,冀得公理战胜最后的胜利。

他们现在不前进了,虽是助威的淫雨,冷峻的气焰时时刺激他们的皮肤,僵冷他们的热血,他们绝不退后一步,就是那小小的国枢和坚生也只紧紧互握住他们的手;抵抗天公的恶作剧。两只黑漆似的眼睛,不住望着他们自己所委任的代表,表示一种坚决诚挚的样子,希望他们能得到圆满的结果,但是铁门紧紧闭住,没有一点同情的卫兵,安能了解他们这些孩子们赤心热肠呢?他们只明白他们每月是有八块钱的薪水,这是他们的主人——唯一的主人的恩典赏给他们的,他们才能不委身沟壑,并且还能作威作福欺压他们的同类,他们得到这许多利益,怎能不格外感激他们的主人呢?至于这些学生们,究竟算得了甚么啊!

他们这么想着,益发觉得他们的恩人的可感,这些学生可恶了!所以他们的面容,越变越凶,国枢和坚生的手也越握越紧,他们不能更矜持了。恐怖的神已经打破他们紧闭的心门,闯入占住了,他们嫩弱的心灵几乎碎了!他们的面色渐渐失掉红润,转入苍白而黯淡了!

"他们不开门,怎么办呢?"国枢低声和坚生说;坚生摇摇头不回答甚么,只是垫起脚来,看着那许多欲入不得站在门口焦愁满面的代表,叹了一声,紧紧握住国枢的手道:"咦!怎么好?"国枢禁不住打了一个寒战;彼此对看着发闷,如是的过了两点多钟,一些办法也想不出来了!

远远地一队人也向这边来了,手里也拿着白色旗子,但是国枢和坚生望过去,这些来人,没有和他们一般大的同伴,只是有胡须和他们父亲和叔叔相仿佛的人们,他们不明白到底是谁。"呀!那不是我们的吴老师吗?"坚生一壁嚷着,一壁禁不住手舞足蹈起来了。适才的满面愁容,顷刻都洗刷干净。又见自己队里的同伴,各个人都举起旗子正如早晨欢迎他们的一样。这时候人声嘈杂,国枢和坚生也不觉跟着"哈拉,哈拉"的乱叫;这队人渐渐走近总统府那座铁门前面了。但这两扇门仍旧关得一条缝都没有,只听见一声"往前进呵!"果见人头攒动,一齐向前蜂涌而进,国枢和坚生和他们的小朋友也一齐向前拥进;但是还没走上两步,只听见嗷呀哭叫的声音,把这愁闷的空气,更一变而为惨凄悲痛的空气了。

国枢和坚生正在往前走,前面的人忽一齐向后退,后边的人不提防被这一挤,更加着满地的滑泥,都滑倒地上,这两个可怜的孩子也不能幸免了！国枢摔在路旁,头部碰伤,鲜血被面,一时支持不住昏晕过去,及至清醒过来,抬头向前一看,但见适才那些如虎狼的卫兵,举着枪干刀靶,不分头面,对着他们的教师和同学,正在乱砍哪！刹时间哭声震天,鲜血湿透了他们的衣服,更流到地上和泥水渗和得暗红刺目,国枢正看到心碎魂越的时候;忽听见一声凄苦的惨叫"国枢！好痛啊!"国枢一吓回头一看隔他约有十步光景,他亲爱的小朋友坚生,满面鲜红的血倒在那一堆的泥水里,愁苦的形状,把国枢的心刺碎了,一声哀叫又昏过去,任他的朋友怎样呼救,他也不会知道啊！

行路的人,看了这两个小学生——可怜的孩子,万分的凄惨,都赶紧回过头去,偷拭他们同情的辛酸泪,不忍再看那两个孩子了。

这时候的雨,仍是沛然未息,新华门一带已变作血肉横飞的战场,什么人民代表的总统府的尊严,早已烟消云灭,不知去向了！便是那不懂人事的苍天,也把那助威的淫雨,化作悲惨哀悯的痛泪,滴在那些被黑暗压制,有怀莫伸的学生们身上,作深情的慰藉和洗刷了。

这绝大的惨剧——摧人肝胆的惨剧,和那两个小学生的哀呼,便是"不仁"的天地,也不忍目睹了！现在已是背过他光明的脸,露出那黑暗沉沉的背影来,惟有那三层楼上一间小屋子里,露出些微黯淡的灯光;夹着两个孩子呼痛和呻吟的悲声,从那窗隙里送了出来。

"嗳！这些孩子们,永远不肯听话！他们的任性,只是苦了无数作母亲的心！"

"谁说不是呢？我早就说，不用去，去了也没有用处！他们这些大人那有工夫来理你们这些无力无财的秀才，他偏不听，还有他爹纵着他，说甚么请愿是法律应许的行为，不能干涉啦，我也不知道这些，自然让他去了……现在果然闯出这么个大祸来，还说甚么法律呢？……这孩子真不叫人省心！养活了这么大，也不是容易！……倘若有个好歹……那便怎么……"

她伤心泪哽住喉咙不能再往下说了！那一个母亲也禁不住伤心，她们的话头断了，只是呜咽的哭声破了夜的沉寂。

微弱的呻吟声，打断她们的哭声，一个小孩子巍颤颤地声音叫道："娘啊！……那边的兵又拿着刀，砍破坚生的头了，哎呀！……怕呵！"说着不住用手摸着他头上包的那块白布，脸上露出极可怜恐惧的颜色——灰白而惨淡！

他母亲带着哭声安慰他道："国枢啊！你醒醒吧，不用怕。娘在这里看着你呢！坚生也在这里，没有人来打他，你放心呵！"

国枢果睁大了眼睛，对着他慈爱的母亲的脸上望着道："娘呵！你为甚么哭？他们的心比石头还硬呢！哭是没用的，那两扇门是永远不开的啊！……"

坚生这时清醒了，听见国枢的话，一阵心急，竟哭道："呵！那门永远不开吗？……娘呵！怎么办？"说着握着他母亲的手不住的流泪，两个母亲看见两个孩子可怜的样子，忍不住把住他们的头，悲悲切切地哭作一团。

惨凄的哭声，刺碎了全医院的病人的心，无数同情的叹声，和那母子的血泪，衬出无限夜的苍凉，和世界的黑暗来！

灵魂可以卖吗?

荷姑她是我的邻居张诚的女儿,她从十五岁上,就在城里那所大棉纱工厂里,作一个纺纱的女工,现在已经四年了。

当夏天熹微的晨光,笼罩着万物的时候,那铿锵悠扬地工厂开门的钟声,常常唤醒这城里居民的晓梦,告诉工人们作工的时间到了。那时我推开临街的玻璃窗,向外张望,必定看见荷姑拿着一个小盒子,里边装着几块烧饼,或是还有两片卤肉,——这就是工厂里的午饭;从这里匆匆地走过,我常喜欢看着她,她也时常注视我,所以我们总算是一个相识的朋友呢!

初时我和她遇见的时候,只不过彼此对望着,仅在这两双视线里,打个照会。后来日子长了,我们也更熟悉了,不像从前那种拘束冷淡了;每次遇见的时候,彼此都含着温和地微笑,表示我们无限的情意。

今天我照常推开窗户,向下看去,荷姑推开柴门,匆匆地向这边来了,她来到我的窗下,便停住了,满脸露着很愁闷和怀疑的神气,仰着头,含着乞求的眼神颤巍巍地道:"你愿意帮助我吗?"说完俯下头去,静待我的回答,我虽不知道她要我帮助她作甚么,但是我的确很愿意尽我的力量帮助她,我更不忍看她那可怜的状态,我竟顾不得思索,急忙地应道:"能够!能够!凡是你所要我作的事,我都愿意帮助你!"

"呵!谢上帝!你肯帮助我了!"荷姑极诚恳的这么说着,眼睛里露出欣悦的光采来,那两颊温和的笑痕,在我的灵魂里,又增了一层更深的印象,甜美,神秘,使人永远不易忘记呢!过了些时,她又对我说:"今天下午六点钟的时候,我们再会吧!现在我还须到工厂里去。"我也说道:"再会吧!"她便回转身子,匆匆地向工厂的那条路上去了。

荷姑走了!连影子都看不见了!但是我还怔怔地俯在窗子上,回想她那种可怜的神情,不禁使我生出一种神秘微妙的情感,和激昂慷慨的壮气;我觉得世界上可怜的人实在太多,但是像荷姑那种委曲沉痛的可怜,我还是第一次看见呢!她现在要求我帮助她,我的能力大约总有胜过她的,这是上帝给我为善的机会,实在是很难得而可贵的机会!我应当怎样地利用呵!

我决定帮助她了!那末我所帮助她的,必要使她满足,所以我现在应该预备了。她若果和我借钱,我一定尽我所有的帮助她,她若是有一种大需要,我直接不能给她,也要和母亲商量把我下月应得的费用,一齐给她,一定使她满足她所需要的。人们生活在世界上,缺乏金钱,实在是不幸的运命呢!但是能济人之急,才是人类互助的精神,可贵的德性!我有绝大的自尊心,不愿意作个自私自利的动物,我不住的这么想,我豪侠的壮气,也不住的增加,恨不得荷姑立刻就来,我不要她向我乞求,便把我所有的钱,好好地递给她,使她可以少受些疑难和愁虑的苦!

我自从荷姑走后,我心里没有一刻宁贴,那一股勇于为善的壮气,直使我的心容留不下,时时流露在我的行动里,说话的声音特别沉着,走路都不像平日了。今天的我仿佛是古时候的虬髯客和红拂那一流的人,"气概不可一世"。

今天的日子,过得特别慢,往日那太阳射在棉纱厂的烟筒尖上,是很容易的事情,可是今天,我至少总有十几次,从这窗外看过去,日影总没到那里,现在还差一寸呢!

"呵!那烟筒的尖上,现在不是射着太阳,放出闪烁的光来吗?荷姑就要来了!"我俯在窗子上,不禁喜欢得自言自语起来。

远远地一队工人,从工厂里络绎着出来了;他们有的向南边的大街上去;有的到东边那广场里去,顷刻间便都散尽了。但是荷姑还不见出来,我急切地盼望着,又过了些时,那工厂的大铁门,才又"呀"的一声开了,荷姑忙忙地往我们这条胡同里来,她脸上满了汗珠,好似雨点般滴下来,两颊红得真像胭脂,头筋一根根从皮肤里隐隐地印出来,表示那工厂里恶浊的空气,和疲劳的压迫。

她渐渐地走近了,我们的视线彼此接触上了。她微微地笑着走到我的书房里来,我等不得和她说什么话,我便跑到我的卧室里,把那早已预备好的一包钱,送到荷姑面前,很高兴地向她说:"你拿回去吧!若果还有需用,我更想法子帮助你!"

荷姑起先似乎很不明白地向我凝视着,后来她忽叹了一口气,冷笑道:"世界上应该还有比钱更为需要的东西吧!"

我真不明白,也没有想到,荷姑为什么竟有这种出人意料的情形?但是我不能不后悔,我未曾料到她的需要,就造次把这含侮辱人类的金钱,也可以说是万恶的金钱给她,竟致刺激得她感伤,唉！这真是一种极大的羞耻！我的眼睛不敢抬起来了！羞和急的情绪,激成无数的泪水,从我深邃的心里流出来！

我们彼此各自伤心寂静着,好久好久,荷姑才拭干她的眼泪和我说道:"我现在要告诉你一件小故事,或者可以说是我四年以来的历史;这个就是我要求你帮助的。"我就点头应许她,以下的话,便是她所告诉我的故事了。

"在四年前,我实在是一个天真活泼的小孩子,现在自然是不像了！但是那时候我在中学预科里念书,无论谁不能想像我会有今天这种沉闷呢？"

荷姑说到这里,不禁叹息流下泪来,我看着她那种凄苦憔悴的神气,怎能不陪着她落下许多同情泪呢？等了许久,荷姑才又继续说:——

"日子过得极快,好似闪电一般,这个冰雪森严的冬天,早又回去了,那时我离中学预科毕业期,只有半年了,偏偏我的父亲的旧病,因春天到了,便又发作起来,不能到店里去作事,家境十分困难,我不能不丢弃这张将要到手的毕业文凭,回到家里侍奉父亲的病！当然我不能不灰心！但是这还算不得什么,因为慈爱的父母,和弟妹,可以给我许多安慰,不过没有几天,我的叔叔便托人替我荐到那所绝大的棉纱厂里作女工,一个月也有十几块钱的进项,于是我便不能不离开我的父母弟妹,去作工了,幸亏这时我父亲的病差不多快好了,我还不至于十分不放心。

走到工厂临近的那条街上,早就听见轧轧隆隆的声音,这种声音,实含着残忍和使人厌憎的意思,足以给人一种极大不快的刺激,更有那乌黑的煤烟和污腻的油气,更加使人头目昏涨！

我第一天进这工厂的门,看见四面黯淡的神气,实在忍耐不住,但是这些新奇的境地,和庞大的机器,确能使我的思想轮子,不住的转动,细察这些机器的装置和应用,实在不能说没有一点兴趣呢!过了几天,我被编入纺纱的那一队里,那个纺车的装置和转动,我开手学习,也很要用我的脑力,去领会和记忆,所以那时候,我仍不失为一个有活泼思想的人,常常从那油光的大铜片上,映出我两颊微笑的窝痕。

那一年春天,很随便的过去了!所有鲜红的桃花托上,那时不是托着桃花,是托着嫩绿带毛的小桃子,榆树的残花落了一地,那叶子却长得非常茂盛,遮蔽着那灼人肌肤的太阳,竟是一个天然的凉篷。所有春天的燕子、杜鹃、黄莺儿,也都躲到别处去了,这一切新鲜夏天的景致,本来很容易给人们一种新刺激和新趣味。但是在那工厂里的人,实在得不到这种机会呢!

我每天早晨,一定的时间到工厂里去,没有别的爽快的事情和希望,只是每次见你俯在窗子上,微笑着招呼,那便是我一天里最快活的事情了!除了这件,便是那急徐高低永没变更过一次的轧轧隆隆的机器声,充满了我的两耳和心灵,和永远用一定规矩去转动那纺车,这便是我每天的工作了!我的工作实在使我厌烦,有时我看见别的工人打铁,我便有一个极热烈的愿望,就是要想把那铁锤放在我的手中,拿起来试打两下,使那金黄色的火星,格外多些,似乎能使这沉黑的工厂,变光明些。

有一次我看着刘良站在那铁炉旁边,摸擦那把铁锤子,火星四散,不觉看怔了,竟忘记使纺车转动,忽听见一种严厉的声音道:'唉!'我吓了一跳,抬头只见管纺纱组的工头板着铁青的面孔,恶狠狠地向我道:'这个工作便是你唯一的责任,除此以外,你不应该更想什么;因为工厂里用钱雇你们来,不是叫你运用思想,只是运用你的手足,和机器一样,谋得最大的利益,实在是你们的本分!'

唉!这些话我当时实在不能完全明白,不过我从那天起,我果然不敢更想什么,渐渐成了习惯,除了谋利和得工资以外,也似乎不能更想什么了!便是离开工厂以后,耳朵还是充满着纺车轧轧的声音,和机器隆隆的声音;脑子里也只有纺车怎样动转的影子,和努力纺纱的念头,别的一切东西,我都觉得仿佛很隔膜的。

这样过了三四年,我自己也觉得我实在是一副很好的机器,和那纺车似乎没有很大的分别,因为我纺纱不过是手自然的活动,有秩序的旋转,除此更没有别的意义。至于我转动的熟习,可以说是不能再增加了!

在那年秋天里的一天——八月十号——是工厂开厂的纪念日,放了一天工,我心里觉得十分烦闷,便约了和我同组的一个同伴,到城外去疏散,我们出了城,耳旁顿觉得清静了!天空也是一望无涯的苍碧,不着些微的云雾,只有一阵阵的西风吹着那梧桐叶子,发出一种清脆的音乐来,和那激石潺潺的水声,互相应和,我们来到河边,寂静的站在那里,水里映出两个人影,惊散了无数的游鱼,深深地躲向河底去了。

我们后来拣到一块白润的石头上坐下了,悄悄地看着水里的树影,上下不住的摇荡,一个乌鸦斜刺里飞过去了。无限幽深的美,充满了我们此刻的灵魂里,细微的思潮,好似游丝般不住地荡漾,许多的往事,久已被工厂里的机器声压没了,现在仿佛大梦初醒,逐渐地浮上心头。

忽一阵尖利的秋风,吹过那残荷的清香来,五年前一个深刻的印象,从我灵魂深处,渐渐地涌现上来,好似电影片一般的明显;在一个乡野的地方,天上的凉云,好似流水般急驰过去,斜阳射在那蜿蜒的荷花池上,照着荷叶上水珠,晶晶发亮,一队活泼的女学生,围绕着那荷花池,唱着歌儿,这个快乐的旅行,实在是我一生最大的幸福呢!今天的荷花香,正是前五年的荷花香,但是现在的我,绝不是前五年的我了!

我想到我可亲爱的学伴,更想到放在学校标本室的荷瓣和秋葵,我心里的感动,我真不知道怎样可以形容出来,使你真切的知道!"

荷姑说到这里,喉咙忽咽住了,眼眶里满含着痛泪,望着碧蓝的天空,似乎求上帝帮助她,超拔她似的,其实这实在是她的妄想呵!我这时满心的疑云乃越积越厚,忍不住的问荷姑道:"你要我帮助的到底是什么呢?"

荷姑被我一问,才又往下说她的故事:

"那时我和我的同伴各自默默地沉思着,后来我的同伴忽和我说:'我想我自从进了工厂以后,我便不是我了!唉!我们的灵魂可以卖吗?'呵!这是何等痛心的疑问!我只觉得一阵心酸,愁苦的情绪,乱了我的心,我一句话也回答不出来!停了半天只是自己问着自己道:'灵魂可以卖吗?'除此我不能更说别的了!

我们为了这个痛心和疑问,都呆呆地瞪视那去而不返的流水,不发一言,忽然从芦苇丛中,跑出四五个活泼的水鸭来,在水里自如的游泳着,捕捉那肥美的水虫充饥,水鸭的自由,便使我们生出一种嫉恨的思想——失了灵魂的工人,还不如水鸭呢!——而这一群恼人的水鸭,也似明白我们的失意,对着我们,作出傲慢得意的高吟,不住'呵,呵!'的叫着,这个我们真不能更忍受了!便急急地离开这境地,回到那尘烟充满的城里去。

第二天工厂照旧开工,我还是很早地到了工厂里,坐在纺车的旁边,用手不住摇转着,而我目光和思想,却注视在全厂的工人身上,见他们手足的转动,永远是从左向右,他们所站的地方,也永远没有改动分毫,他们工作的熟练,实在是自然极了!当早晨工厂动工钟响的时候,工人便都像机器开了锁,一直不止的工作,等到工厂停工钟响了,他们也像机器上了锁,不再转动了!他们的面色,是黧黑里隐着青黄,眼光都是木强的,便是作了一天的工作,所得的成绩,他们也不见得有什么愉快,只有那发工资的一天,大家脸上是露着凄惨的微笑!

我渐渐地明白了,我同伴的话实在是不错,这工厂里的工人,实在不止是单卖他们的劳力,他们没有一些思想和出主意的机会,——灵魂应享的权利,他们不是卖了他们的灵魂吗?

但是我永远不敢相信,我的想头是对的,因为灵魂的可贵,实在是无价之宝,这有限的工资便可以买去?或者工人便甘心卖出吗?……'灵魂可以卖吗?'这个绝大的难题,谁能用忠诚平正的心,给我们一个圆满的回答呢?"

荷姑说完这段故事,只是低着头,用手摸弄着她的衣襟,脸上露着十分沉痛的样子,我心里只觉得七上八下的乱跳,更不能说出半句话来,过了些时荷姑才又说道:"我所求你帮助我的,就是请你告诉我,灵魂可以卖吗?"

我被她这一问,实在不敢回答,因为这世界上的事情不合理的太多呵!我实在自悔孟浪,为什么不问明白,便应许帮助她呢?现在弄得欲罢不能!我急得眼泪湿透了衣襟,但还是一句话没有,荷姑见我这种为难的情形,不禁叹道:"金钱虽是可以帮助无告的穷人,但是失了灵魂的人的苦恼,实在更甚于没有金钱的百倍呢!人们只知道用金钱周济人,而不肯代人赎回比金钱更要紧的灵魂!"

她现在不再说什么了!我更不能说什么了!只有忏悔和羞愧的情绪,激成一种小声浪,责备我道:"帮助人呵!用你的勇气回答她呵!灵魂可以卖吗?"

思　潮

　　开着窗户，对着场圃，很暇豫的眺望；绿草刚刚萌芽，碧桃却含着无限的春意，对人微微笑着——轻盈而娇艳；花影射在横塘里，惹得鱼儿上下的征逐；清闲快乐，这么过一生，便北面封王也比不上这个好呵！在这波清气爽的境地，几个亲密的朋友，拉着手在这草地上散步，唱着甜美的歌儿，天上的安琪儿都要羡慕呢！要是倦了，就坐在这块滑润的石头歇着，听水声潺潺地流着，整是一种天然的音乐，这石头多少"玲珑透剔"呵！……呀！是甚么地方也有这么一块？……哦！不错，三个卷着头发，露着雪白小腿，蓝眼睛白脸蛋的小女孩，倚在那石头上，三四个游公园的男学生，拿着照像器给她们拍照，那个顶小的，忽然垂着眼皮，突着嘴叫道："萧妈！我生气啦！"这个声音娇憨而清脆，惹得四围许多男的女的老的少的，都张着嘴，眯着眼，嘻嘻哈哈地笑个不住。奇怪呵！他们真像上了机器是的，嘴里不住叫着"这孩子真有意思！……真有意思，嘻嘻嘻！"眼睛眯着，不细看简直看不出缝来。

　　一个老头，一只手拿着一根拐杖；一只手摸着胡子；弯曲着腰，也是"哈哈哈"地笑；她更奇怪，倚在小山石上，一边张着嘴笑得嗥呀,嗥呀的,一边眼泪却好像"断线真珠般"往下坠。

忽然大家都寂静了;许许多多的眼神,都集中在那三个天真烂熳的孩子身上;她们也很知道照像是一件很要注意的事情;挺直了腰,放好手,仰着头,碧蓝的三对小眼,也都聚精会神,对着像架那边望着,现在已是准备好了,一个男学生笑着对她们说:"别动呵!要照啦!"忽然顶小的那个,眼睛一转,不知想起甚么?赶紧转过头来,对着她那个萧妈嚷道:"你瞧,你瞧,那边一只小狗狗;……一只狗狗,"说着小手不由得举起来往远处——一只西洋狮子狗伏的地方指着;跟着小腿也不觉得抬起来,一步一步的向前迈,渐渐迈得更快,竟跑着追起那个小狗来了。

许多经过她们旁边的游人,都站住看她们;起初人们都怔怔地望着她——追小狗的女孩子;灵魂都被她那活泼天真的微妙勾了去,寂静和幽秘是这时候的空气;忽然一回头,见那两个稍大的女孩子,仍旧很稳静的站在那里,预备和希望照一张很整齐的相;这才提醒了大家,一阵哈哈的笑声,立刻破了空气的寂静。

她追着小狗,跑得累了,细弱的娇喘,涨得柔嫩的面皮,红艳直像浇着露水,新开的紫玫瑰花。额上的头发,也散了下来,覆在脸上,小手不住在胸口摩挲,望了众人一眼,又奔奔跳跳地跑开了;跑到萧妈面前,接了小白帽子,斜歪着戴在头上,憨皮的样子和稚琴简直差不多;当天热的时候,在大马路上不是时常看见稚琴戴着那顶白蓬布帽子摇摇摆摆的走过吗?得意而且活泼的神情,时时从她眼睛里流露出来;公司门口那架大镜子,当她走过这里的时候,必要照一回。

照镜子原是靠不住的事情啊!从前新世界里放着八架镜

子,每一架镜子,把人照成一个样子,八架镜子就把人照成八个样子,德福她长得极胖——在学堂里验起身体来,她的体重总在一百五十斤以上,她可是极不相信她是真胖,那天她逛新世界,看见一个个来逛的太太小姐们;都很细挑;竟惹起她的怀疑心来:"我果比她们胖吗?"这个念头老在她心里起伏,恰好她走到这架镜子面前——一个照人细长的镜子里,立刻露出一个"长身玉立"的她,这一喜欢真非同小可啊!她不觉自言自语的道:"人家都说我胖,块头大不好看,他们真是没眼睛呢?绍玉她在我们一堆算是顶小顶瘦的了,可是和我也差不多呢!到底是镜子有准啊!"

胖子顶怕人说胖,可是爱睡觉,就足以作胖子的特征呢,姚先生他也是一个胖子,脂肪真多呵,五脏都被脂肪蒙住了,脑子也胶住啦,所以顶喜欢睡觉,无论坐在车上或是椅上,到不了三分钟,就可睡着;站在门槛上,或柱旁边,也是立刻要打呼的……那天他站在台阶上,看人家行结婚礼,嘴里还衔着一枝吕宋烟,忽然烟卷从他嘴里掉了下来;跟着"了不得,快着,快着……"一阵的乱叫,大家都吓住了,抬头往对面一看,原来是他又睡觉了,险些儿摔下来,幸亏旁边的人扶得快,不然怕免不了头破血流呢!——野狗又得一顿饱了。

嘿!野狗吃人血真可怕呢!上次西郊外,难民阿三,不是被野狗把腿咬断了吗?血流了一地,像一道小红河似的,野狗不久就把他喝干了!人真可怜呵!作了难民更可怜,对了他们"泣饥号寒"的同类,谁有良心能不为他们叫屈呢?我们当然要帮助他们,使他们得到平安;他们又何尝不希望人家拯救他们?只是他们的运气不好,有心的又没力,有力的又没心!他们就是把一只耕地的肥牛牵出来卖,这个牛也不受他们的支配呢!无论卖给谁,它都要用它那个犄角,作抵抗的武器,和人家拚命呢!必得等到王大来了,用一种甚么降魔的方法,他才帖帖服服跟他去了……世界上没有方法是不能作事呵!

人家说王大知道牛脾气,所以他能降伏牛,这些难民他不知道牛脾气,又怎么会降伏牛,以至于要牛救济他们呢?乡下人真不懂事呵!那个马惊了,赵老婆子不知道躲进屋里去,反倒躲在放螃蟹的木桶里;螃蟹本是"横行公子",他怎解得救济人?赵老婆的脚,竟被它那两把大剪子夹得出了血,只得不顾命的从桶里窜了出来;一个不小心,木桶倒了,养螃蟹的腥水,浇了她一身,直像一个雨淋的水鸡,像刺猬般的缩作一团;怎么不可笑呢!

公园的小孩,……胖子都赶不上这个有趣,哈哈!我不禁对着天空大笑起来。

"嘿!你莫非真得了神经病吗?"她——我的表妹推了我一下;我才定了神,四面的看看,除了从窗户射进来的阳光,照着壁上的钟闪闪放光——似乎是新鲜的以外;其余的布置没改平日分毫的样子。刚才所涌现我眼前的东西,原来都是起伏不定的思潮,那个傻老太太也只是从前的印象——现在的思潮呵!……

余　泪

这时候春天已快完了！尤牧师家里那两棵大白梨树上，已经没有花朵；我隔着窗子望过去，几个和枣一般大的小梨，挂在枝子上；我便问尤老太太道："这梨树种了几年了？结的梨还能吃吗？"尤老太太眯缝着眼，侧着头，向窗外望了望道："那个吗？……还能吃……种的年代已不少了！"说着便又用手指掐算了半天道："哼！……差不多和比伦一般年纪呢！日子真快呵！比伦已经十三岁了……便是你也不是从前的样子了。"说着又对我望了望。

我听了尤老太太的话，便不由得想起以往许多的陈迹来了！我记得十一年前，我不过是十二岁的孩子；因为过于顽皮的缘故，我的母亲便把我送到尤老太太这里来，请她用严厉的方法训练我，这时尤老太太正作着修道院的院长，并且在这修道院里还附属着一个高等小学校，尤老太太便叫我在一年级的课堂里上课；我初到这里来时，很觉得不惯；她们常常用很严厉的眼光，凝视我，每逢我卧在草地上，和那只白毛狮子狗玩耍的时候，没有一次不被尤老太太责罚的！还有一次我为这个过失，被关在一间又黑又阴的地窖里；那个可恨没有怜悯心的黑猫，真把我吓死了!当时我便大声痛哭,喊叫起来,还好慈爱的白教师从这里过,听见我的哭声,便开了地窖。把我领了出来;那时尤老太太也因为听见我哭叫的声音赶来了,见我已经出来,伏在白教师怀里抖颤着的可怜形状,便改了她的怒容,露着愁闷的神气,叹了一声道:"孩子!你该听话了吧!……这种的惩罚是上帝常常驯练他的小羊的。"我当时愤恨极了!嘴里虽不敢说甚么;心里着实的想咒骂她。

后来因为起了革命的战事;我全家都移往天津去了,母亲便叫人把我接回来;我临离修道院的时候,白教师亲自送我上了车,还微笑和我说:"可爱的孩子!愿上帝保佑你!祝福你!……我们或者还可以再见呢!"我这时不知怎么也会觉得不好过起来,坐在车上,凝视白教师慈爱而微含泪痕的眼波,我又跳下车来;俯在白教师怀里呜呜咽咽哭起来了!这时尤老太太也来到门口送我上车;见我又跳下来,便奇异的叹着道:"唉!上帝的小羊,现在应该分别了!……不要悲伤!孩子!上帝可以保佑你使我们一定有相见的日子,至迟也过不了最后受裁判的时候!……孩子!你舍不得那只狗吗?那实在是你的小伴侣!天父一样的也爱惜那些生物呢!不要悲伤!到处都有你的好伴侣;因为上帝承认一切人都是他的儿子!基督一样的要替他们流血!孩子!你明白吗?去吧!去吧!"我听了尤老太太这些话。心里已觉安慰了许多!又经车夫的催促,设法子又跳上车子,车夫很快的加了两鞭,那马便放开蹄子,向前飞奔去了。没有五分钟已看不见那尤老太太和白教师的影儿了。

自从那次分别后,我家里虽然不久又回到北京来,但是我已经改了求学的地点;一直不曾到那里去,现在不觉已是十一年了!

尤老太太这时正掀着那《颂主诗歌》看,嘴里也不住的哼哼着,和十一年前的样子似乎没有变更;不过嗓音觉得微弱些,头发更白了,竟和银丝那么白得发亮,——因为她正迎着太阳坐着——脸上的皱纹也深了,量起来总有两三分的光景,我看到这里也不禁叹道:

"光阴实在快得和马跑一样,我们不见已经十一年了。"

"十一年了吗?可怕的日子。快得竟不容人喘气!像这个样子甚么事情,不都是一瞥就完了吗?"尤老太太说着不住的叹息着;我也没话回答她,只是怔怔地在那里回想,那一句:"甚么事情不都是一瞥就完了吗?"尤老太太见我不回答她的话;便又说道:"你们青年的人,大约不明白这个道理;你们高高兴兴在那里度春天的光阴;那里知道,一转眼可怕的秋天和冬天,便追着你们的后边来了!那时你们或者明白,什么事情都是一瞥就过去了!"

"是的!我们很明白事情真正和流水一般,一瞥就完了!过去了!"我随随便便地,这么答应,其实我这时那有工夫,想到这些上头去呢?我正在回忆她——可亲可爱的白教师呢?她一副纯洁温蔼的眼波,时时流露出诚实和慈悲的表示来;衬着她那时现笑容的嘴唇,——不厚不薄的嘴唇皮,——实在没有一点不适当的样子,她总喜欢穿着一身白衣服,仿佛圣母那般纯洁!那般尊严!她每次跪在神像前祈祷;我听了她那恳挚的声调,我不由得便要大受感动,……现在这些事情都已经过去了!我回想她便怎么样呢？我实在很愿意知道一点关于她的消息呢！……这个尤老太太许知道，我便决定问她了。

"尤老太太！你能告诉点关于白教师的消息吗？……我实在很记念她！"

"呵！孩子！……你现在大了！但是我还是称你孩子吧！孩子是没有罪孽的……你愿意知道白教师的消息吗？……不错！少年人总是有好奇心！"

尤老太太一边说着，一边用手理平那本圣书已经卷叠起来的书角；说到这里，忽然又把话截断，说别的去；用手指着那特别卷叠的书角说："孩子们用东西永不知道爱惜……三角钱原不是很容易的呢！"我还是记挂白教师的消息，见她停住不说；因又提醒她道：——

"白教师到底怎么样呵！"

"哦！果然孩子们没有忍耐心，这算什么你便急了！……好！好！你把椅子靠近我些。"我果真把椅子向她挪了一挪。

"好孩子！……到底不和从前那样顽皮了！……上帝要永远保佑你呵！"尤老太太说着话又把眼镜脱了下来；谨谨慎慎把他放在盒子里，用手绢擦了擦眼睛，对我看了看才说道：

"孩子！注意听着呵！……不！当我告诉你她的消息之前，我应当祷告上帝！使她的光荣，永远普照在世界上！"说着她果真跪在神像前，发着诚恳的高声祷告说：——

"主呵！我们的天父！你是极慈悲的！你愿意人类都为他们的朋友舍命！爱他们的同伴和自己一样！主呵！时机到了！求你帮助我，能使我的话，深深印在这个少年人的心上，爱她的同伴,和她自己一样!……主呵!我知道你必不拒绝我的请求呵!慈爱的天父!……阿们。"

她诚恳的声调,使我受了极大的感动;不由自主也跪在她的旁边了!

尤老太太祷告完,站了起来,满面露着安宁的微笑说道:"孩子!我们这里坐着吧!现在可以开始说这段故事了!"我们就都到靠窗户那边的椅子上坐下。

"孩子!你记得你为什么缘故离开我这里吗?"

"是的!我很记得!就是为了革命的战事!"尤老太太听我这样回答,便点点头叹了一口气道:"不错!你记性很不坏!……但是这种深刻的印象,谁都不容易把他忘记呢?……流了多少血呵!唉!上帝!……罪过!差不多成了河了!最可怕的在这修道院门前,大槐树上,挂着那个没有头,脖颈缩在腔子里边去,满了血痕的尸首,我那天真是不舒服!不幸的,残忍的,人类我为他们流泪!我为他们羞辱!为什么自己这样残害自己?"尤老太太说到这里当真的流下泪来,我也不免一阵心酸,觉得他们实在太残忍了!

"自从发见那个死尸之后,我在圣母的神像前,为他们祈祷了整整一个礼拜,有一天我正在替他们忏悔,祷告得最痛切的时候,我实在禁不住为他们痛哭!忽然听见一个人很深沉叹息的声音,我这时候真以为圣母显现,便慢慢抬起头来,往神像前面一看,只是一个人穿着洁白的大衣,低着头,垂着眼皮,丝毫不动的站在那里。那种静穆幽深的神情,我一时竟糊涂了,认不出她便是白教师,我用手在我胸前画了十字,又继续祈祷下去,那声调更加诚恳了！等到起来的时候,忽见那个女子,也跪在那神像的面前呢！这时我才认出她来,我便问她。

"'你也是为那尸首的缘故来,替他们忏悔吗?'她便叹了一声道:'这不过战事的开始呵！比这个残忍不知道还有多少呢!'

"'那么我们应当怎么样呢?'我不免怀疑着这么问白教师,她只流着泪说:'这只有求上帝帮助我们,用基督的名义唤醒他们罪恶的梦！……因为基督是吩咐他的门徒,爱他们的朋友,和爱自己一样!'

"好！这个使命要谁去担当呢！……"差不多他们的心和铁一样的硬了！他们看流血是一件下酒的美菜呢!"

尤老太太述到这里,便拍着我的肩膀说:"这些都是已经过去的事情了!……他们流的血都干得没有痕迹！但是现在怎么样呢?……他们现在不革命了,流的血倒快成了海了！这是为甚么?……唉！怕只有上帝知道吧!"尤老太太这时端起茶杯,咽了一口茶,用手摸了摸她额上那深而且宽的皱纹,又接着往下说道:

"自从我们在神像前,遇见的那一天分手后,我一直五天,没有看见白教师,我很觉得奇怪！平常她不是这样的,我们差不多,每一日在朝晨上查经的时候,都要见面一次的;……当时我很责怪她！……少年人作事没有一点计算,这种乱烘烘的时代,还敢到街上乱跑去,我问了她同住的朋友,她们也不明白她,究竟到什么地方去,就知道她在前五日的一个下午,她穿上出门旅行的外衣,手里提了一个小皮包,匆匆地出大门去了。她走到院子里的时候,曾遇见那个看门的犹大,她只告诉他,有要紧的事,出去走走,别的她也全没多说一句。

"一直过了两礼拜,还不见她回来;大家的确惊慌起来,我更没了主意!便跑到李牧师那里,请他派人去探访探访,李牧师便派了四个美国兵到大街各巷找了几天,也一点踪影都没有!……唉!孩子!你们大约没尝过这种惊人的风波吧!

"又过了两天,忽然接到她一封信,这封信是在天津发的,她信里说:

"'在基督的足下,不幸发生了自己残害自己的罪恶来,谁能不为这事伤心和羞耻呢?……在一堆的小羊里,我们看见了一个猛虎,来欺辱他们,我们不能不愤怒去赶开他,没有爱心的强暴!为这些小羊的保护者!若果我们看见一群羊,他们自己纷争起来了!甚至于大羊咬起小羊的脖颈来!我们怎么样呢?他们原是同类呵!唉,天下最可伤心的事,有过于这个的吗?最羞耻的事,有过于这个吗?不幸的羊群,现在真真自相残害起来了!他们在湖北武昌设下可怕的枪炮,他们的血已经成了河了!他们还没有明白他们的错误,唉!亲爱的院长呵!我愿意担当上帝的使命,去唤醒他们的迷梦,这是上帝委托我的,——是我应尽的责任,我在天津耽搁两天;还要折回来到汉口去,但是我没有机会,和你握别了!我们预备在上帝那里见吧!愿上帝祝福你!'

"她这封信到了以后,我们便都到礼拜堂为她祈祷上帝,帮助她早早成功!但从那天以后,我们便不知道她的踪迹了!不久战事终止,共和成功,我们会友正在礼拜堂聚会,感谢基督的恩惠;使人类不再发生拿流血作下酒的菜的残忍心。忽听见一个少年痛哭的声音,我们知道他一定有甚么很伤心的罪恶,所以我们也都替他恳切的忏悔!祷告完了,我们都站起来,同唱《颂主诗歌》,……孩子!这种习惯!你应该还记得吧!……我们那时按着这个顺序,聚完会,正要散会的时候;忽见适才痛哭的少年,跑到宣道台上来说:'诸位亲爱的会友呵!唉!慈悲的天父!'他又不禁的流下泪来!我们到会的人没有一个脸上不现着惊奇的神气,……孩子!你知道!我那时候也免不了惊奇呢!……我今年活到五十二岁只见过这么一次呢!

"那少年哭了半天,他才又接下去说:'我在上帝面前犯了极大的罪,我的手杀死过许多我的同伴!——为了战争的缘故——他们流的血,可以把我飘起来,送到黑暗深坑里去!但是我还是不明白,我是犯了不可忏悔的罪!有一天,我正在杀戮我的敌军,最出力的时候,——因为我是把他们战败了;所以我心里着实的快意!我觉得我的枪和刀,也非常活泼,和我一样露着笑容,忽然在我身后,发现了很奇异的声音,我不免回过头来一看,只见红十字队的一个队员叫作白吾性的,站在我的身后,眼里满蓄泪水,脸色惨白着,我看了忽然手便软了!不能再去残害我的同类了!因问她说你为什么这个样子?'

"'唉!可怜的熊海夫,你杀了他们觉得怎么样?'唉!诸君!我对于白女士所问的这个问题,我从来没有想过,我杀他们一个头,便好像从西瓜梗上,切下一个西瓜来,杀了就完了!我觉得怎么样?但是当时我被她真诚热情激动了,我便不能不想一想,我杀了他们,觉得怎么样了!唉呀!诸君!我尝到了灵魂上的痛苦了!当真我这时觉得满身都是罪恶!和狞鬼一样的残忍！他们的头，和我的头，一样长在脖子上，这是很自然的，我为什么要把他故意的割下来呢？我当时越想越苦痛，我的灵魂真是受了绝大的创，忽然流下泪来，我把手里的枪刀都抛弃了，跪在她，——纯洁的天使——面前求她赦免我的罪，求她替我忏悔，她很温和在我额上亲了一下说道：'上帝一定祝福你！……他永远不弃掉迷路能回头的小羊！'我这时心里得了她的洗刷，果然轻松多了！正要和她一齐回营去，谁知敌军乘我们没有防备，冷不防放过一枪来，正射在她的胸口上，唉！可怜她不久便到上帝那里去了！她临死的时候，还微笑说：'熊先生我能使你回到你应该走的正路上去，永远爱你的同伴，这是我最荣幸的纪念！我们再见吧！到上帝那里便可以见着了！'

"'唉！诸君！可敬的上帝的使者，白女士她现在回到上帝那里去了！我们应该继续她的工作，给人类世界开一线的光明，替无数的罪人忏悔呵！'

"我们听了这少年述说完这一段故事；便又接着开了一个追悼白教师的会，这便是她最荣耀的纪念了！孩子！你以为怎么样呢！"

我这时一句话也回答不出来，只有点点头，过了些时，尤老太太又说道："孩子！我回想起那残忍的把戏，挂在那槐树上，……这不过一瞥都完了！但是我余泪还没有干了！为这个羞耻和伤心，唉！上帝确能知道呵！"

月下的回忆

晚凉的时候,困倦的睡魔都退避了,我们便乘兴登大连的南山,在南山之巅,可以看见大连全市。我们出发的时候,已经是暮色苍茫,看不见娇媚的夕阳影子了,登山的时候,眼前模糊;只隐约能辨人影;漱玉穿着高底皮鞋,几次要摔倒,都被淡如扶住,因此每人都存了戒心,不敢大意了。

到了山巅,大连全市的电灯;如中宵的繁星般,密密层层满布太空,淡如说是钻石缀成的大衣,披在淡装的素娥身上,漱玉说比得不确,不如说我们乘了云梯,到了清虚上界,下望诸星,吐豪光千丈的情景为逼真些。

他们两人的争论,无形中引动我们的幻想,子豪仰天吟道:"举首问明月,不知天上今夕是何年?"她的吟声未竭,大家的心灵都被打动了,互相问道:"今天是阴历几时? 有月亮吗?"有的说十五;有的说十七;有的说十六;漱玉高声道:"不用争了! 今日是十六,不信看我的日记本去!"子豪说:"既是十六,月光应当还是圆的,怎么这时候还没看见出来呢?"淡如说:"你看那两个山峰的中间一片红润,不是月亮将要出来的预兆吗?"我们集中目力,都望那边看去了,果见那红光越来越红,半边灼灼的天,像是着了火,我们静悄悄地望了些时,那月儿已露出一角来了;颜色和丹沙一般红,渐渐大了也渐渐淡了,约有五分钟的时候;全个团团的月儿,已经高高站在南山之巅,下窥芸芸众生了,我们都拍着手,表示欢迎的意思;子豪说:"是我们多情欢迎明月?还是明月多情,见我们深夜登山来欢迎我们呢?"这个问题提出来后,大家议论的声音,立刻破了深山的寂静,和夜的消沉,那酣眠高枝的鹧鸪也吓得飞起来了。

淡如最喜欢在清澈的月下,妩媚的花前,作苍凉的声音读诗吟词,这时又在那里高唱南唐李后主的《虞美人》,诵到"故国不堪回首月明中"声调更加凄楚;这声调随着空气震荡,更轻轻浸进我的心灵深处;对着现在玄妙笼月的南山的大连,不禁更回想到三日前所看见污浊充满的大连,不能不生一种深刻的回忆了!

在一个广场上,有无数的儿童,拿着几个球在那里横穿竖冲的乱跑,不久铃声响了,一个一个和一群蜜蜂般地涌进学校门去了;当他们往里走的时候,我脑膜上已经张好了白幕,专等照这形形式式的电影,顽皮没有礼貌的行动;憔悴带黄色的面庞,受压迫含抑闷的眼光,一色色都从我面前过去了,印入心幕了。

进了课堂,里头坐着五十多个学生,一个三十多岁,有一点胡须的男教员,正在那里讲历史,"支那之部"四个字端端正正写在黑板上,我心里忽然一动,我想大连是谁的地方啊?用的可是日本的教科书——教书的又是日本教员——这本来没有什么,教育和学问是没有国界的,除了政治的臭味——他是不许藩篱这边的人和藩篱那边的人握手以外,人们的心都和电流一般相通的——这个很自然……

"这是那里来的,不是日本人吗?"靠着我站在这边两个小学生在那窃窃私语,遂打断我的思路,只留心听他们的谈话,过了些时,那个较小的学生说"这是支那北京来的,你没看见先生在揭示板写的告白吗?"我听了这口气真奇怪,分明是日本人的口气,原来大连人已受了软化了吗?不久,我们出了这课堂,孩子们的谈论听不见了。

那一天晚上,我们住的房子里,灯光格外明亮;在灯光之下有一个瘦长脸的男子,在那里指手画脚演说:"诸君!诸君!你们知道用玛琲培成的果子,给人吃了,比那百万雄兵的毒还要大吗?教育是好名词,然而这种含毒质的教育,正和玛琲果相同……你们知道吗?大连的孩子谁也不晓得有中华民国呵!他们已经中了玛琲果的毒了!……

"中了毒无论怎样,终久是要发作的,你看那一条街上是西岗子一连有一千余家的暗娼,是谁开的,原来是保护治安的警察老爷,和暗探老爷们勾通地棍办的,警察老爷和暗探老爷,都是吃了玛琲果子的大连公学校的卒业生呵!"

他说到那里,两个拳头不住在桌上乱击,口里不住的诅咒,眼泪不竭的涌出,一颗赤心几乎从嘴里跳了出来!歇了一歇他又说:——

"我有一个朋友,在一天下午,从西岗子路过;就见那灰色的墙根底下每一家的门口,都有一个邪形鸠面的男子蹲在那里,看见他走过去的时候,由第一个人起,连续着打起呼啸来;这种奇异的暗号,真是使人惊吓,好像一群恶魔要捕人的神气;更奇怪的,打过这呼啸以后立刻各家的门又都开了;有妖态荡气的妇人,向外探头,我那个朋友,看见她们那种样子,已明白她们要强留客人的意思,只得低下头,急急走过,经过她们门前,有的捉他的衣袖,有的和他调笑,幸亏他穿的是西装,她们不知道他到底是什么来历,不敢过于造次,他才得脱了虎口,当他才走出胡同口的时候,从胡同的那一头,来了一个穿着黄灰色短衣裤的工人;他们依样的作那呼啸的暗号;他回头一看,那人已被东首第二家的一个高颧骨的妇人拖进去了!

唉!这不是玛琲果的种子,开的沉沦的花吗?

我正在回忆从前的种种,忽漱玉在我肩上击了一下说:"好好地月亮不看,却在这漆黑树影底下发什么怔。"

漱玉的话打断我的回忆,现在我不再想什么了,东西张望,只怕辜负了眼前的美景!

远远地海水,放出寒栗的光芒来;我寄我的深愁于流水,我将我的苦闷付清光;只是那多事的月亮,无论如何把我尘浊的影子,清清楚楚反射在那块白石头上;我对着她,好像怜她,又好像恼她;怜她无故受尽了苦痛的磨折!恨她为什么自己要着迹,若没这有形的她,也没有这影子的她了,无形无迹,又何至被有形有迹的世界折磨呢?……连累得我的灵魂受苦恼……

夜深了!月儿的影子偏了,我们又从来处去了。

或人的悲哀

亲爱的朋友KY：

我的病大约是没有希望治好了！前天你走后，我独自坐在窗前玫瑰花丛前面，那时太阳才下山，余辉还灿烂地射着我的眼睛，我心脏的跳跃很利害，我不敢多想甚么，只是注意那玫瑰花，娇艳的色采，和清润的香气，这时风渐渐大了，于我的病体不能适宜，媛姊在门口招呼我进去呢。

我到了屋里，仍旧坐在我天天坐着的那张软布椅上，壁上的相片，一张张在我心幕上跳跃着，过去的一件一件事情，也涌到我洁白的心幕上来，嗐！KY，已经过去的，是事情的形式，那深刻的，使人酸楚的味道，仍旧深深地印在我的脑海中，渗在我的血液里，回忆着便不免要饮泣！

第一次，使我忏悔的事情，就是我们在紫藤花架下，那几张石头椅子上坐着，你和心印谈人生究竟的问题，你那时很郑重的说："人生那里有究竟！一切的事情，都不过像演戏一般，谁不是涂着粉墨；戴着假面具上场呢？……"后来你又说："梅生和昭仁他们一场定婚；又一场离婚的事情，简直更是告诉我们说：人事是作戏，就是神圣的爱情，也是靠不住的，起初大家十分爱恋的定婚,后来大家又十分憎恶的离起婚来。一切的事情,都是靠不住的,"心印听了你的话,她便决绝的说:"我们游戏人间吧!"我当时虽然没有开口,给你们一种明白的表示,但是我心里更决绝的,和心印一样,要从此游戏人间了!

从那天以后,我便完全改了我的态度;把从前冷静考虑的心思,都收起来,只一味的放荡着——好像没有目的地的船,在海洋中飘泊,无论遇到怎么大的难事;我总是任我那时情感的自然,喜怒笑骂都无忌惮了!

有一天晚上,我独自坐在冷清清的书房里,忽然张升送进一封信来,是叔和来的。他说:他现在很闷,要到我这里谈谈,问我有工夫没有?我那时毫不用考虑,就回了他一封说:"我正冷清得苦;你来很好!"不久叔和真来了,我们随意的谈话,竟消磨了四点多钟的光阴;后来他走了,我心里忽然一动,我想今天晚上的事情,恐怕有些太欠考虑吧?……但是已经过去了!况且我是游戏人间呢!我转念到这里,也就安贴了。

谁知自从这一天以后,叔和便天天写信给我,起初不过谈些学术上的问题,我也不以为奇,有来必回,最后他忽然来了一封信说:"我对于你实在是十三分的爱慕;现在我和吟雪的婚事,已经取消了,希望你不要使我失望!"

KY! 别人不知道我的为人,你总该知道呵!我生平最恨见异思迁的人,况且吟雪和我也有一面之缘;总算是朋友,谁能作此种不可思议的事呢!当时我就写了一封信,痛痛地拒绝他了。但是他仍然纠缠不清,常常以自杀来威胁我,使我脆弱的心灵受了非常的打激!每天里,寸肠九回,既恨人生多罪恶!又悔自家太孟浪！嗳！KY！我失眠的病,就因此而起了！现在更蔓延到心脏了！昨天医生用听筒听了听,他说很要小心,节虑少思,或者可以望好,嗳！KY！这种种色色的事情,怎能使我不思呢？

明天我打算搬到妇婴医院去,以后来信,就寄到那边第二层楼十五号房间；写得乏了！再谈吧！

你的朋友亚侠六月十日

亲爱的KY：

我报告你一件很好的消息,我的心脏病,已渐渐好了！失眠也比从前减轻,从前每一天夜里,至多只睡到三四个钟头；就不能再睡了。现在居然能睡到六个钟头,我自己真觉得欢喜,想你一定要为我额手称贺！是不是？

我还告诉你一件事；这医院里；有一个看护妇刘女士,是一个最笃信宗教的人,她每天从下午两点钟以后,便来看护我,她为人十分和蔼,她常常劝我信教；我起初很不以为然,我想宗教的信仰,可以遮蔽真理的发现；不过现在我却有些相信了！因为我似乎知道真理是寻不到,不如暂且将此心寄托于宗教,或者在生的岁月里,不至于过分的苦痛！

昨天夜里,月色十分清明,我把屋里的电灯拧灭了；看那皎洁的月光,慢慢透进我屋里来；刘女士穿了一身白衣服,跪在床前低声的祷祝,一种恳切的声音,直透过我的耳膜,深深地侵进我的心田里,我此时忽感一种不可思议的刺激,我觉得月光带进神秘的色采来,罩住了世界上的一切,我这时虽不敢确定宇宙间有神,然而我却相信,在眼睛能看见的世界以外,一定还有一个看不见的世界了。

我这一夜,几乎没闭眼,怔怔想了一夜,第二天我的病症又添了!不过我这时彷徨的心神好像有了归着,下午睡了一觉,现在已经觉得十分痊愈了!马大夫也很奇怪我好得这么快,他说:若以此种比例推下去,——没有变动;再有三四天,便可出院了。

今天心印来看我一次,她近来颜色很不好!不知道有甚么病,你有工夫可以去看看她,大约她现在彷徨歧路;必定很苦!

你昨天叫人送来的一束兰花;今天还很有生气,这时他正映着含笑的朝阳,更显得精神百倍,我希望你前途的幸福也和这花一样灿烂!再谈,祝你健康!

亚侠七月六日

KY 吾友

我现在真要预备到日本去找我的哥哥,因为我自从病后便不耐幽居,听说蓬莱的风景佳绝,我去散散心,大约病更可以除根了。

我希望你明天能来,因为我打算后天早车到天津乘长沙丸东渡,在这里的朋友,除了你和心印以外,还有文生,明天我们四个人,在我家里畅叙一下罢!我这一走,大约总要半年才能回来呢!

你明天来的时候,请你把昨天我叫人送给你看的那封心印的信带了来,她那边有一个问题,——"名利的代价是什么?"我当时心里很烦,没有详细的回答她,打算明天见面时,我们四个人讨论一个结果出来,不过这个问题,又是和"人生究竟的问题"差不多,恐怕结果,又是悲的多,乐的少,唉!何苦呵!我们这些人,总是不能安于现在,求究竟,——这于人类的思想,固然有进步,但是精神消磨得未免太多了!……但望明天的讨论可以得到意外的完满就好了!

我现在屋子里乱得不成样子,箱子里的东西乱七八糟堆了一床,我理得实在心烦,所以跑到外书房里来,给你们写信,使我的眼睛不看见,心就不烦了!说到这里,我又想起一件事了。

KY!你记得前些日子;我们看见一个盲诗人的作品,他说:"中午的太阳,把世界和世界的一切惊异,指示给人们,但是夜,却把宇宙无数的星,无际限的空间,——全生活,广大和惊异指示给人们。白昼指示给人们的,不过是人的世界,黑暗和污秽。夜却能把无限的宇宙指示给人们,那里有美丽的女神,唱着甜美的歌,温美的云,织成洁白的地毯,星儿和月儿,围随着低低地唱,轻轻地舞。"这些美丽的东西,岂是我们眼睛所能领略得到的呢?KY我宁愿作一个瞎子呢!倘若我真是个瞎子,那些可厌的杂乱的东西,再不会到我心幕上来了。但是不幸!我实在不是个瞎子,我免不了要看世界上种种的罪恶的痕迹了!

任笔写来,不知说些什么,好了!别的话留着明天面谈吧!

亚侠九月二日

KY 呵!

丝丝的细雨敲着窗子,密密的黑云罩着天空,澎湃的波涛震动着船身;海天辽阔,四顾苍茫,我已经在海里过了一夜,这时正是开船的第二天早晨。

前夜,那所灰色墙的精致小房子里的四个人,握着手谈着天何等的快乐?现在我是离你们,一秒比一秒远了!唉!为什么别离竟这样苦呵!

我记得：分别的那一天晚上；心印指着那迢迢的碧水说："人生和水一样的流动，岁月和水一样的飞逝；水流过去了，不能再回来！岁月跑过去了，也不能再回来！希望亚侠不要和碧水时光一样。早去早回呵。"KY，这话真使我感动，我禁不住哭了！

你们送我上船，听见汽笛呜咽悲鸣着，你们便不忍再看我，忍着泪，急急转过头走去了，我呢？伫立在甲板上；不住的对你们望，你们以为我看不见你们了，用手帕拭泪；偷眼往我这边看，咳！KY，这不过是小别，便这样难堪！以后的事情，可以设想吗？

"名利的代价是什么？"心印的答案：是"愁苦劳碌。"你却说："是人生生命的波动；若果没有这个波动，世界将呈一种不可思议的枯寂！"你们的话在我心里；起伏不定的浪头，在我眼底；我是浮沉在这波动之上，我一生所得的代价，只是愁苦劳碌。嗳！KY！我心彷徨得很呵！往那条路上去呢？……我还是游戏人间吧！

今天没有什么风浪，船很平稳，下午雨渐渐住了，露出流丹般的采霞，罩着炊烟般的软雾；前面孤岛隐约，仿佛一只水鸦伏在那里。海水是深碧的；浪花涌起，好像田田荷丛中窥人的睡莲。我坐在甲板上一张旧了的藤椅里，看海潮浩浩荡荡，翻腾奔掀，心里充满了惊惧的茫然无主的情绪，人生的真象，大约就是如此了。

再有三天，就可到神户；一星期后可到东京，到东京住什么地方，现在还没有定，不过你们的信，可寄到早稻田大学我哥哥那里好了。

我的失眠症，和心脏病，昨日夜里又有些发作，大约是因为劳碌太过的缘故，今夜风平浪静，当得一好睡！

现在已经黄昏了。海上的黄昏又是一番景象，海水被红日映成紫色，波浪被余辉射成银花，光华灿烂，你若是到了这里，大约又要喜欢得手舞足蹈了！晚饭的铃响了，我吃饭去。再谈！

亚侠九月五日

KY吾友：——

我到东京；不觉已经五天了。此地的人情风俗和祖国相差太远了！他们的饮食，多喜生冷；他们起居，都在席子上，和我们祖国从前席地而坐的习惯一样，这是进化呢？还是退化？最可厌的是无论到什么地方，都要脱了鞋子走路；这样赤足的生活，真是不惯！满街都是吱吱咖咖木屐的声音，震得我头疼，我现在厌烦东京的纷纷搅搅，和北京一样！浮光底下；所盖的形形色色，也和北京一样！莫非凡是都会的地方都是罪恶荟萃之所吗？真是烦煞人！

昨天下午我到东洋妇女和平会去，——正是她们开常会的时候，我因一个朋友的介绍，得与此会；我未到会以前，我理想中的会员们，精神的结晶，是纯洁的，是热诚的。及至到会以后，所看见的妇女，是满面脂粉气，贵族式的夫人小姐；她们所说的和平，是片面的，就和那冒牌的共产主义者，只许我共他人之产不许人共我的产一样。KY！这大约是：人世间必不可免的现象吧？

昨天回来以后，总念念不忘日间赴会的事，夜里不得睡，失眠的病又引起了！今天心脏觉得又在急速的跳，不过我所带来的药,还有许多,吃了一些,或者不至于再患。

今天吃完饭后,我跟着我哥哥,去见一位社会主义者,他住的地方,离东京很远,要走一点半钟。我们一点钟,从东京出发,两点半到那里;那地方很幽静,四围种着碧绿的树木和菜蔬,他的屋子就在这万绿丛中。我们刚到了他那门口,从他房子对面,那个小小草棚底下,走出两个警察来,盘问我们住址、籍贯、姓名,与这个社会主义者的关系。我当时见了这种情形,心里实感一种非常的苦痛,我想这些,巩固各人阶级和权利的自私之虫,不知他们造了多少罪孽呢?KY呵!那时我的心血沸腾了!若果有手枪在手,我一定要把那几个借强权干涉我神圣自由的恶贼的胸口,打穿了呢!

麻烦了半天,我们才得进去,见着那位社会主义者;他的面貌很和善,但是眼神却十分沉着。我见了他,我的心仿佛热起来了!从前对于世界所抱的悲观,而酿成的消极,不觉得变了!这时的亚侠,只想用弹药炸死那些妨碍人们到光明路上去的障碍物,KY!这种的狂热回来后想想,不觉失笑!

今天我们谈的话很多,不过却不能算是畅快;因为我们坐的那间屋子的窗下,有两个警察在那里监察着;直到我们要走的时候,那位社会主义者才说了一句比较畅快的话,他说:"为主义牺牲生命,是最乐的事,与其被人的索子缠死,不如用自己的枪,对准喉咙打死!"KY!这话的味道,何其隽永呵!

晚上我哥哥的朋友孙成来谈,这个人很有趣,客中得有几个解闷的,很不错!写得不少了,再说罢。

亚侠九月二十日

KY呵！

我现在不幸又病了！仍旧失眠，心脏跳动，和在京时候的程度差不多。前三天搬进松井医院，作客的人病了，除了哥哥的慰问外，还有谁来看视呢！况且我的病又是失眠，夜里睡不着，两只眼看见的，是桌子上的许多药瓶，药末的纸包，和那似睡非睡的电灯，灯上罩着深绿的罩子，——医生恐光线太强，于病体不适的缘故。——四围的空气，十分消沉、暗淡。耳朵所听见的，是那些病人无力的吟呻；凄切的呼唤，有时还夹着隐隐地哭声！

KY！我仿佛已经明白死是什么了！我回想在北京妇婴医院的时候看护妇刘女士告诉我的话了；她说："生的时候，作了好事，死后便可以到上帝的面前，那里是永久的乐园，没有一个人脸上有愁容，也没有一个人掉眼泪！"KY！我并不是信宗教的人，但是我在精神彷徨无着处的时候，我不能不寻出信仰的对象来；所以我健全的时候，我只在人间寻道路，我病痛的时候，便要在人间之外的世界，寻新境界了。

这几天，我一闭眼，便有一个美丽的花园——意象所造成的花园，立在我面前，比较人间无论那一处都美满得多；我现在只求死，好像死比生要乐得多呢！

人间实在是虚伪得可怕！孙成和继梓——也是在东京认识的，我哥哥的同学；他们两个为了我这个不相干的人，互相猜忌，互相倾轧，有一次，恰巧他们两人。不约而同时都到医院来看我，两个人见面之后，那种嫉妒仇视的样子，竟使我失惊！KY！我这时才恍然明白了！人类的利己心，是非常可怕的！并且他们要是欢喜什么东西，便要据那件东西为己有！

唉！我和他们两个,只是浅薄的友谊,那里想到他们的贪心,如此利害！竟要作成套子,把我束住呢？KY！我的志向你是知道的,我的人生观你是明白的,我对于我的生,是非常厌恶的！我对于世界,也是非常轻视的,不过我既生了,就不能不设法不虚此生！我对于人类,抽象的概念,是觉得可爱的,但对于每一个人,我终觉得是可厌的！他们天天送鲜花来,送糖果来,我因为人与人必有交际,对于他们的友谊,我不能不感谢他们！但是照现在看起来,他们对于我,不能说不是另有作用呵！

KY！你记得,前年夏天,我们在万牲园的那个池子旁边钓鱼,买了一块肉,那时你曾对我说:"亚侠！作人也和作鱼一样,人对付人,也和对付鱼一样！我们要钓鱼,拿他甘心,我们不能不先用肉,去引诱他,他要想吃肉,就不免要为我们所甘心了！"这话我现在想起来,实在佩服你的见识,我现在是被钓的鱼,他们是要抢着钓我的渔夫,KY！人与人交际不过如此呵！

心印昨天有信来,说她现在十分苦闷,知与情常常起剧烈的战争！知战胜了,便要沉于不得究竟的苦海,永劫难回！情战胜了,便要沉沦于情的苦海,也是永劫不回！她现在大有自杀的倾向。她这封信,使我感触很深！KY！我们四个人,除了文生尚有些勇气奋斗外,心印你我三个人,困顿得真苦呵！

我病中的思想分外多,我想了便要写出来给你看,好像二十年来,茹苦含辛的生活,都可以在我给你的信里寻出来。

KY！奇怪得很！我自从六月间病后,我便觉得我这病是不能好的,所以我有一次和你说,希望你,把我从病时,给你的信,要特别留意保存起来。……但是死不死,现在我自己还不知道,随意说说,你不要因此悲伤吧!有工夫多来信,再谈。祝你快乐!

亚侠十一月三日

KY:

读你昨天的来信,实在叫我不忍!你为了我前些日子的那封信,竟悲伤了几天!KY!我实在感激你!但是你也太想不开了!这世界不过是个寄旅,不只我要回去,便是你,心印,文生,——无论谁?迟早都是要回去的呵!我现在若果死了,不过太早一点。所以你对于我的话,十分痛心!那你何妨,想我现在是已经百岁的人,我便是死了,也是不可逃数的,那也就没什么可伤心了!

这地方,实在不能久住了!这里的人,和我的隔膜更深,他们站在桥那边;我站在桥这边;要想握手是很难的,我现在决定回国了!

昨天医生来说:我的病很危险!若果不能摒除思虑,恐怕没有好的希望!我自己也这样想,所以我不能不即作归计了!我的姑妈,在杭州住,我打算到她家去,或者能借天然的美景,疗治我的沉疴,我们见面,大约又要迟些日子了。

昨夜我因不能睡,医生不许我看书,我更加思前想后的睡不着,后来我把我的日记本,拿来偷读,当时我的感触,和回忆的热度,都非常利害,我顾不得我的病了!我起来把笔作书,但是写来写去,都写不上三四个字,便写不下去了,因又放下笔,把日记本打开细读,读到三月十日,我给心印的信上面,有几首诗说:——

我在世界上，
不过是浮在太空的行云！
一阵风便把我吹散了，
还用得着思前想后吗？

假若智慧之神不光顾我，
苦闷的眼泪
永远不会从我心里流出来呵！

这一首诗可以为我矛盾的心理写照：我一方说不想什么，一方却不能不想什么，我的眼泪便从此流不尽了！这种矛盾的心理，最近更利害，一方面我希望病快好，一方面我又希望死，有时觉得死比什么都甜美！病得利害的时候，我又惧怕死神，果真来临！KY呵，死活的谜，我始终猜不透！只有凭造物主的支配罢了！

我的行期，大约是三天以内，我在路上，或者还有信给你。

现在天气渐渐冷了。长途跋涉，诚知不宜，我哥哥也会阻止我，留我到了春天再走，但是KY！我心里的秘密，谁能知道呢？我当初到日本去，是要想寻光明的花园，结果只多看了些人类偏狭心理的怪现状！他们每逢谈到东亚和平的话，他们便要眉飞色舞的说：这是他们唯一的责任，也是他们唯一的权利！欧美人民是不容染指的。他们不用镜子，照他们魑魅的怪状，但我不幸都看在眼里，印在心头，我怎能不思虑？我的病如何不添重？我不立刻走,怎么过呢?

况且我的病,能好不能好,我自己毫无把握! 我固然是厌恶人间,但是我活了二十余年,我究竟是个人,不能没有人类的感情,我还有母亲,我还有兄嫂,他们和我相处很久;我要走了,也应该和他们辞别,我所以等不到春天,就要赶回来了!

我到杭州住一个礼拜,就到上海去,若果那时病好了,当到北京和你们一会。

我从五点钟,给你写信,现在天已大亮了! 医生要来我怕他责备我,就此搁笔吧!

亚侠十二月五日

亲爱的 KY

我离东京的时候,接到你的一封信,当时忙于整理行装,没有复你,现在我到杭州了。我姑妈的屋子,正在湖边,是一所很精致的小楼;推开楼窗,全湖的景色,都收入脑海,我疲病之身,受此自然的美丽的沐浴,觉得振刷不少!

湖上天气的变幻,非常奇异,我昨天到这里,安顿好行李,我便在这窗前的藤椅上坐下,我看见湖上的雾,很快——大约五分钟的工夫,便密密幂起,四围的山,都慢慢地模糊了。跟着淅淅沥沥的雨点往下洒,游湖的小船,被雨打得船身左右震荡,但是不到半点钟,雨住云散,天空飞翔着鲜红的彩霞,青山也都露出格外翠碧的色彩来。山涧里的白云,随风袅娜,真是如画境般的湖山,我好像作了画中的无愁童子,我的病似乎好了许多。

我姑妈家里的表兄,名叫剑楚的,我们本是幼年的伴侣;但是隔了五六年不见,大家都觉得生疏了! 这时他已经有一个小

孩子,他的神气,自然不像从前那样活泼,不过我苦闷的时候,还是和他谈谈说说觉得好些!(十二月二十日写到此)

KY!我写这封信的一半,我的病又变了!所以直迟了五天,才能继续着写下去,唉!KY!你知道恶消息又传来了!

我给你写信的那天晚上,——我才写了上半段,剑楚来找我,他说:"唯逸已于昨晚死了!"唉!KY!这是什么消息?你回想一年前,我和你说唯逸的事情,你能不悚然吗?唯逸他是极有志气的青年,他热心研究社会主义,他曾决心要为主义牺牲,但是他因为失了感情的慰藉,他竟抑抑病了,昨晚竟至于死了。

他有一封信给我,写得十分凄楚,里头有一段说:"亚侠!自从前年夏天起,我便种了病的因,只因为认识了你!……但是我的环境,是不容我起奢望的,这是知识告诉我,不可自困!然而我的精神,从此失了根据。我觉得人生真太干枯!我本身失去生活的趣味,我何心去助增别人的生活趣味?为主义牺牲的心,抵不过我厌生的心,……但是我也不愿意作非常的事,为了感情,牺牲我前途的一切!且知你素来洁身自好,我也决不忍因爱你故,而害你,但是我终放不下你!亚侠!现在病已深入了!我深藏心头的秘密,才敢贡诸你的面前!你若能为你忠心的仆人,叫一声可怜!我在九泉之灵也就荣幸不少了!……"唉!KY!游戏人间的结果,只是如此呵!

我失眠两天了!昨天还吐了几口血,现在疲乏得很!不知道还能给你几封信呵!

亚侠伏枕书十二月二十五日

KY 亲爱的朋友：

在这一个星期里，我接到你两封信，心印和文生各一封信，但是我病了，不能回你们！

唉！KY！我想不到，我已经不能回上海了！也不能到北京了！昨天我姑妈打电报；给我的家里，今天我母亲嫂嫂已经来了！她们见了我，只是掉眼泪，我的心也未尝不酸！但是奇怪得很！我的泪泉，不知在什么时候已经干枯了？

自从上礼拜起，我就知道我的病，是不能好了！我便把我一生的事情，从头回想一遍，拉杂写了下来！现在我已经四肢无力，头脑作痛，眼光四散，我不能写了！噯！

…………………………………………………………

"我一生的事情，平常得很！没什么可记，但是我精神上起的变化，却十分剧烈；我幼年的时候，天真烂漫，不知痛苦。到了十六岁以后，我的智情都十分发达起来。我中学卒业以后，我要到西洋去留学，因为种种的关系，作不到，我要投身作革命党，也被家庭阻止，这时我深尝苦痛的滋味！

但是这些磨折，尚不足以苦我！最不幸的，是接二连三，把我陷入感情的漩涡，使我欲拔不能！这时一方，又被知识苦缠着，要探求人生的究竟，化费了不知多少心血，也求不到答案！这时的心，彷徨到极点了！不免想到世界既是找不出究竟来，人间又有什么真的价值呢？努力奋斗，又有什么结果呢？并且人生除了死，没有更比较大的事情，我既不怕死，还有什么事不可作呢！……唉！这时的我，几乎深陷堕落之海了！……幸一方面好强的心，很占势力，当我要想放纵性欲的时候；他在我头上，打了一棒,我不觉又惊醒了!不敢往这里走,但是究竟往什么地方去呢?我每天夜里,睡在床上,殚精竭虑的苦事搜求,然而没有结果!

我在极苦痛的时候,我便想自杀,然而我究竟没有勇气!我否认世界的一切;于是我便实行我游戏人间的主义,第一次就失败了!接二连三的,失败了五六次!唯逸因我而死!叔和因我而病!我何尝游戏人间?只被人间游戏了我!……自身的究竟,既不可得,茫茫前途,如何不生悲凄之感!

唉!天乎!不可治的失眠病,从此发生!心脏病,从此种根!颠顿了将及一年,现在将要收束了!

今夜他们都睡了。更深人静,万感丛集!——虽没死的勇气,然而心头如火煎逼!头脑如刀劈,剑裂!我纵不欲死,病魔亦将缠我至于死呵!死神还不降临我?实在等不得了!这时我努力爬下床来,抖战的两腿,使我自己惊异!这时窗子外面,射进一缕寒光来,湖面上银花闪烁,我晓得那湖底下朱红色的珊瑚床,已为我预备好了!云母石的枕头;碧绿青苔泥的被褥,件件都整理了!……我回去吧!唉!亲爱的母亲!嫂嫂!KY……再见吧!"

……………………………………

我表姊,昨夜不知什么时候,跳在湖心死了!她所写的信,和她自己的最后的一页日记,都放在枕边。唉!湖水森寒,从此人天路隔!KY!姊呵!我表姊临命时候,瘦弱的可怜的影子,永远深深刻在我脑幕上,今天晚上,我走到她住的屋子里去,但见雪白的被单上,溅着几滴鲜红的血迹,那有我表姊的影子呢?

我禁不住坐在她往日常坐的那张椅子上,痛哭了!

她的尸首,始终没有捞到,大约是沉在湖底,或者已随流流到海里去了。

她所有的东西,都收拾好,交给我舅母带回去,有一本小书,——《生之谜》,上面写着留给你作纪念品的,我现在由邮寄给你,望你好好保存了吧!

亚侠的表妹附书。一月九日

丽石的日记

今日春雨不住响的滴着,窗外天容惛淡,耳边风声凄厉,我静坐幽斋,思潮起伏,只觉怅然惘然!

去年的今天,正是我的朋友丽石超脱的日子,现在春天已经回来了,并且一样的风凄雨冷,但丽石那惨白梨花般的两靥,谁知变成什么样了!

丽石的死,医生说是心脏病,但我相信丽石确是死于心病,不是死于身病,她留下的日记,可以证实,现在我将她的日记发表了吧!

十二月二十一日　不记日记已经半年了。只感觉着学校的生活单调,吃饭,睡觉,板滞的上课,教员戴上道德的假面具,像俳优般舞着唱着,我们便像傻子般看着听着,真是无聊极了。

图书馆里,摆满了古人的陈迹,我掀开了屈原的《离骚》念了几页,心窃怪其愚——怀王也值得深恋吗……

下午回家,寂闷更甚;这时的心绪,真微玄至不可捉摸……日来绝要自制,不让消极的思想入据灵台,所以又忙把案头的《奋斗》杂志来读。

晚饭后,得归生从上海来信——不过寥寥几行,但都系心坎中流出,他近来因得不到一个归宿地,常常自戕其身,白兰地酒,两天便要喝完一瓶,……他说:"沉醉的当中,就是他忘忧的时候。"唉!可怜的少年人!感情的海里,岂容轻陷?固然指路的红灯,只有一盏,但是这"万矢之的"底红灯,谁能料定自己便是得胜者呢?

其实像海兰那样的女子,世界上绝不是仅有,不过归生是永远不了解这层罢了。

今夜因为复归生的信,竟受大困——的确我搜尽枯肠,也找不出一句很恰当的话,那是足以安慰他的,……其实人当真正苦闷的时候,绝不是几句话所能安慰的哟!

十二月二十二日　今天因俗例的冬至节,学堂里放了一天假,早晨看姑母们忙着预备祭祖,不免起了想家的情绪,忆起"独在异乡为异客,每逢佳节倍思亲"怆然下泪!

姑丈年老多病,这两天更觉颓唐,干皱的面皮,消沉的心情,真觉老时的可怜!

午后沅青打发侍者送红梅来,并有一封信说:"现由花厂买得红梅两株,遣人送上,聊袭古人寄梅伴读的意思。"我写了回信,打发来人回去,将那两盆梅花,放在书案的两旁,不久斜阳销迹,残月初升,那清淡的光华,正笼照在那两株红梅上,更见精神。

今夜睡得极迟,但心潮波涌,入梦仍难,寂寞长夜,只有梅花吐着幽香,安慰这生的漂泊者呵!

十二月二十四日　穷冬严寒,朔风虎吼,心绪更觉无聊,切盼沅青的信,但是已经三次失望了。大约她有病吧?但是不至如此,因为昨天见面的时候,她依旧活泼泼地,毫无要病的表示呵,咳!除此还有别的原因吗?……我和她相识两年了,当第一次接谈时,我固然不能决定她是怎样的一个人,但是由我们不断的通信和谈话看来,她大约不至于很残忍和无情吧!……不过:"爱情是不能买预约券的,也不是一成不变的……"变幻不测的人类,谁能认定他们要走的路呢?

下午到学校听某博士的讲演,不期遇见沅青,我的忧疑更深,心想沅青既然没病,为什么不来信呢?当时赌气也不去理她,草草把演讲听完,愁闷着回家去了;晚饭懒吃,独坐沉思,想到无聊的地方,陡忆起佛经所说:"菩萨畏因,众生畏果。"我不自造恶因,安得生此恶果?从此以后,谨慎造因罢!情感的漩涡里,只是愁苦和忌恨罢了,何如澄澈此心,求慰于不变的"真如"呢……想到这里,心潮渐平,不久就入睡乡了。

十二月二十五日　昨夜睡时,心境平稳,恶梦全无,今早醒来,不期那红灼灼的太阳,照满绿窗。我忙忙自床上坐了起来,忽见桌上放着一封信,那封套的尺寸和色泽,已足使我澄澈的心紊乱了,我用最速的目力,把那信看完了,觉得昨天的忏悔真是多余,人生若无感情维系,活着究有何趣?春天的玫瑰花芽,不是亏了太阳的照拂,怎能露出娇艳的色泽?人类生活,若缺乏情感的点缀,便要常沦到干枯的境地了,昨天的芥蒂,好似秋天的浮云,一阵风洗净了。

下午赴漱生的约,在公园聚会,心境开朗,觉得那庄严的松柏,都含着深甜的笑容,景由心造,真是不错。

十二月二十六日　今天到某校看新剧,得到一种极劣的感想,——当我初到剧场时,见她们站在门口,高声哗笑着,遇见来宾由她们身边经过,她们总作出那骄傲的样子来,惹得那些喜趁机侮辱女性的青年,窃窃评论,他们所说的话,自然不是持平之论,但是喜虚荣的缺点,却是不可避免之讥呵!

下午雯薇来——她本是一个活泼的女孩,可惜近来却憔悴了——当我们回述着儿时的兴趣,过去的快乐,更比身受时加倍,但不久我们的论点变了。

雯薇结婚已经三年了,在人们的观察,谁都觉得她很幸福,想不到她内心原藏着深刻的悲哀,今天却在我面前发现了,她说:"结婚以前的岁月,是希望的,也是极有生趣的,好像买彩票,希望中彩的心理一样,而结婚后的岁月,是中彩以后,打算分配这财产用途的时候,只感得劳碌,烦躁,但当阿玉——她的女儿——没出世之前,还不觉得,……现在才真觉得彩票中后的无趣了。孩子譬如是一根柔韧的彩线,把她捆住了,虽是厌烦,也无法解脱。"

四点半钟雯薇走了,我独自回忆着她的话,记得《甲必丹之女》书里,有某军官与彼得的谈话说:"一娶妻什么事都完了。"更感烦闷!

十二月二十七日　呵!我不幸竟病了,昨夜觉得心燥头晕,今天竟不能起床了,静悄悄睡在软藤的床上,变幻的白云,从我头顶慢慢经过,爽飒的风声,时时在我左右回旋,似慰我的寂寞。

我健全的时候,无时不在栗六中觅生活,我只领略到烦搅,和疲敝的滋味,今天我才觉得不断活动的人类的世界,也有所谓"静"的境地。

我从早上八点钟醒来,现在已是下午四点钟了,我每回想到健全时的劳碌和压迫,我不免要恳求上帝,使我永远在病中,永远和静的主宰——幽秘之神——相接近。

我实在自觉惭愧,我一年三百六十日中,没有一天过的是我真愿过的日子,我到学校去上课,多半是为那上课的铃声所勉强,我恬静的坐在位子上,多半是为教员和学校的规则所勉强,我一身都是担子,我全心也都为担子的压迫,没有工夫想我所要想的。

今天病了,我的先生可以原恕我,不必板坐在书桌里,我的朋友原谅我,不必勉强陪着她们到操场上散步,……因为病被众人所原谅,把种种的担子都暂且搁下,我简直是个被赦的犯人,喜悦何如?

我记得海兰曾对我说:"在无聊和勉强的生活里,我只盼黑夜快来,并望永永不要天明,那末我便可忘了一切的烦恼了。"她也是一个生的厌烦者呵!

我最爱读元人的曲,平日为刻板的工作范围了,使我不能如愿,今夜神思略清,因拿了一本《元曲》就着烂闪的灯光细读,真是比哥仑布发现了新大陆,还要快活呢!

我读到《黄粱梦》一折,好像身驾云雾,随着骊山老母的绳拂,上穷碧落了。我看到东华帝君对吕岩说:"……把些个人间富贵,都作了眼底浮云,"又说:"他每得道清平有几人?何不早抽身?出世尘,尽白云满溪锁洞门,将一函经手自翻;一炉香手自焚,这的是清闲真道本。"似喜似悟,唉!可怜的怯弱者呵!在担子底下奋斗筋疲力尽,谁能保不走这条自私自利的路呢!

每逢遇到不如意事时,起初总是愤愤难平,最后就思解脱,这何尝是真解脱,唉!只自苦罢了!

十二月二十九日　二十八日热度稍高,全身软疲,不耐作字,日记因阙,今早服了三粒"金鸡纳霜"这时略觉清楚。

回想昨天情景,只是昏睡,而睡时恶梦极多,不是被逐于虎狼,就是被困于水火,在这恐怖的梦中,上帝已指示出人生的缩影了。

午后雯薇使人来问病,并附一信说:"我吐血的病,三年以来,时好时坏,但我不怕死,死了就完了。"她的见解实在不错!人生的大限,至于死而已;死了自然就完了。但死终不是很自然的事呵!不愿意生的人固不少,可是同时也最怕死;这大约就是滋苦之因了。

我想起雯薇的病因,多半是由于内心的抑郁,她当初作学生的时代,十分好强,自从把身体捐入家庭,便弄得事事不如人了——好强的人,只能听人的赞扬,不幸受了非议,所有的希望便要立刻销沉了。其实引起人们最大的同情,只能求之于死后,那时用不着猜忌和倾轧了。

下午归生的信又来了,他除为海兰而烦闷外,没有别的话说,恰巧这时海兰也正来看我,我便将归生的信让她自己看去,我从旁边观察她的态度,只见她两眉深锁,双睛发直;等了许久,她才对我说:"我受名教的束缚太甚了,……并且我不能听人们的非议,他的意思,我终久要辜负了,请你替我尽友谊的安慰吧!……这一定没有结果的希望!"她这种似迎似拒的心理,看得出她智情激战的痕迹。

正月一日　今天是新年的元旦,当我睡在床上,看小表妹把新日历换那旧的时,固然也感到日子的飞快;光阴一霎便成过去了。但跟着又成了未来,过去的不断过去,未来的也不断而来,浅近的比喻,就是一盏无限大的走马灯,究有什么意思!

今天看我病的人更多了,她们并且怕我寂寞,倡议在我房里打牌伴着我,我难却她们的美意,其实我实在不欢迎呢!

正月三日　我的病已经好了,今天沉青来看我,我们便在屋里围着火炉清谈竟日。

我自从病后,一直不曾和归生通信,——其实我们的情感只是友谊的,我从不愿从异性那里求安慰,因为和他们——异性——的交接,总觉得不自由。

沉青她极和我表同情,因此我们两人从泛泛的友谊上,而变成同性的爱恋了。

的确我们两人都有长久的计画,昨夜我们说到将来共同生活的乐趣,真使我兴奋!我一夜都是作着未来的快乐梦。

我梦见在一道小溪的旁边,有一所很清雅的草屋,屋的前面,种着两棵大柳树,柳枝飘拂在草房的顶上,柳树根下,拴着一只小船,那时正是斜日横窗,白云封洞,我和沉青坐在这小船里,御着清波,渐渐驰进那芦苇丛里去。这时天上忽下起小雨来,我们被芦苇严严遮住,看不见雨形,只听见淅淅沥沥地雨声,过了好久时已入夜,我们忙忙把船开回,这时月光又从那薄薄凉云里露出来,照得碧水如翡翠砌成,沉青叫我到水晶宫里去游逛,我便当真跳下水,忽觉心里一惊就醒了。

回思梦境,正是我们平日所希冀的呵!

正月四日　今天因为沅青不曾来,只感苦闷! 走到我和沅青同坐着念英文的地方,更觉得忽忽如有所失。

我独自坐在葡萄架下,只是回忆和沅青同游同息的陈事:玫瑰花含着笑容,听我们甜蜜的深谈,黄莺藏在叶底,偷看我们欢乐的轻舞,人们看见我们一样的衣裙,联袂着由公园的马路上走过,如何的注目呵! 唉! 沅青是我的安慰者,也是我的鼓舞者,我不是为自己而生,我实在是为她而生呢!

晚上沅青遣人送了一封信来说:"亲爱的丽石! 我决定你今天必大受苦闷了! ……但是我为母亲的使命,不能不忍心暂且离开你。我从前不是和你说过,我有一个舅舅住在天津吗? 因为小表弟的周岁,母亲要带我去祝贺,大约至迟五六天以内,总可以回来,你可以找雯薇玩玩,免得寂寞!"我把这信,已经反覆看得能够背诵了,但有什么益处寂寞益我苦! 无聊使我悲! 渴望增我怒!

正月十日　沅青走后,只觉恹恹懒动,每天下课后,只有睡觉,差强人意!

今天接到天津的电话,沅青今夜可以到京,我的心怀开放了,一等到柳梢头没了日影,我便急急吩咐厨房开饭;老妈子打脸水,姑母问我忙甚么? 我才觉得自己的忘情,不禁羞惭得说不出话来。

到了火车站,离火车到时还差一点多钟呢! 这才懊悔来的太早了!

盼得心头焦燥了,望得两眼发酸了,这才听见呜呜汽笛响,车子慢慢进了站台,接客的人,纷纷赶上去欢迎他们的亲友,我只远远站着,对那车窗一个个望去;望到最后的一辆车子,果见沅青含笑望我招手呢!忙忙奔了过去,不知对她说什么好,只是嬉嬉对笑,出了站台,雇了车子一直到我家来,因为沅青应许我今夜住在这里。

正月十一日　昨夜和沅青说的话太多了,不免少睡了觉,今天觉得十分疲倦,但是因沅青的原故,今夜依旧要睡的很晚呢?

今天沅青回家去了,但黄昏时她又来找我,她进我屋门的时候,我只乐得手舞足蹈!不过当我看她的面色时,不禁使我心脉狂跳,她双睛红肿,脸色青黄,好像受了极大的刺激。我禁不住细细追问,她说:"没有什么?作人苦罢了!"这话还没说完,她的眼泪却如潮涌般滚下来,后来她竟俯在我的怀里痛哭起来,急得我不知怎样才好,只有陪着她哭。我问她为什么伤心?她始终不曾告诉我,晚上她家里打发车子来接她,她才勉强擦干眼泪走了。

沅青走后,我回想适才的情境,又伤心,又惊疑,想到她家追问她,安慰她,但是时已夜深,出去不便。只有勉强制止可怕的想头,把这沉冥的夜度过。

正月十二日　为了昨夜的悲伤和失眠,今天觉得头痛心烦,不过仍旧很早起来,打算去看沅青,我在梳头的时候,忽沅青叫人送封信来,我急急打开念道:

丽石!丽石!

人类真是固执的,自私的呵!我们稚弱的生命完全被他们支配了!被他们戕贼了!

我们理想的生活,被她们所不容,丽石!我真不忍使你知道这恶劣的消息!但是我们分别在即了,我又怎忍始终瞒你呢!

我的表兄他或者是个有为的青年——这个并不是由我观察到的,只是我的母亲对他的考语,他们因为爱我,要我与这有为的青年结婚,咳!丽石!你为什么不早打主意,穿上男子的礼服,戴上男子的帽子,妆作男子的行动,和我家里求婚呢?现在人家知道你是女子,不许你和我结婚,偏偏去找出那什么有为的青年来了。

他们又仿佛很能体谅人,昨晚母亲对我说:"你和表兄,虽是小时常见面的,但是你们的性情能否相合,还不知道,你舅舅和我的意思,都是愿意你到天津去读书,那末你们俩可以常见面,彼此的性情就容易了解了。如果合得来,你们就订婚,合不来再说。"丽石!母亲的恩情不能算薄,但是她终究不能放我们自由!

我大约下礼拜就到天津去。唉!丽石!从此天南地北,这离别的苦怎么受呢?唉!亲爱的丽石!我真不愿离开你,怎么办?你也能到天津来吗?……我希望你来吧!

唉!失望呵!上帝真是太刻薄了!我只求精神上一点的安慰,他都拒绝我!"沅青!沅青!"唉!我此时的心绪,只有怨艾罢了!

正月十五日　我自得到沅青要走的消息,第二天就病了,沅青虽刻刻伴着我,而我的心更苦了!这几天我们的生活,就如被判决的死囚,唉!我回想到那一年夏天,那时正是雨后,蕴泪的柳枝,无力的荡漾着,阶前的促织,切切私语着,我和沉青,相倚着坐在浅蓝色的栏杆上,沉青曾清清楚楚对我说:"我只要能找到灵魂上的安慰,那可怕的结婚,我一定要避免,"现在这话,只等于往事的陈迹了!

雯薇怜我寂寞,和失意,这两天常来慰我,但我深刻的悲哀,永远不能消除呵!

今天雯薇来时,又带了一个使我伤心的消息来,她告诉我说:"可怜的欣于竟堕落了!"这实在使我惊异!"他明明是个志趣高尚的青年呵?"我这么沉吟着,雯薇说:"是呵!志趣高尚的青年,但是为了生计的压迫,——结婚的结果——便把人格放弃了;他现在作了某党派的走狗,谄媚他的上司;只是为四十块钱呵!可怜!"

唉!到处都是污浊的痕迹!

二月一日 懊恼中,日记又放置半月不记了,我真是无用!既不能澈悟,又不能奋斗,只让无情的造物玩弄!

沉青昨天的来信,更使我寒心,她说:"丽石,我们从前的见解,实在是小孩子的思想,同性的爱恋,终久不被社会的人认可,我希望你还是早些觉悟吧!

我表兄的确是个很有为的青年,他并且对我极诚恳,我到津后,常常和他聚谈,他事事都能体贴入微,而且能任劳怨!……"

唉!人的感情,真容易改变,不过半个月的工夫,沉青已经被人夺去了,人类的生活,大约争夺是第一条件了!

上帝真不仁,当我受着极大的苦痛时,还不肯轻易饶我,支使那男性特别显著的少年郦文来纠缠我,听说这是沅青的主意,她怕我责备,所以用这个好方法堵住我的口,其实她愚得很,恋爱岂是片面的?在郦文粗浮的举动里,时时让我感受极强的苦痛,其实同是一个爱字,若出于两方的同意,无论在谁的嘴里说,都觉得自然和神圣,若有一方不同意,而强要求满足自己的欲望,那是最不道德的事实,含着极大的侮辱。郦文真使我难堪呵!唉!沅青何苦自陷?又强要陷人!

二月五日　今天又得到沅青的信,大约她和她表兄结婚,不久便可成事实。唉!我不恨别的,只恨上帝造人,为什么不一视同仁,分什么男和女,因此不知把这个安静的世界,搅乱到什么地步?……唉!我更不幸,为什么要爱沅青!

我为沅青的缘故,失了人生的乐趣!更为沅青故得了不可医治的烦纡!

唉!我越回忆越心伤!我每作日记,写到沅青弃我,我便恨不得立刻与世长辞,但自杀我又没有勇气,抑郁而死吧!抑郁而死吧!

我早已将人生的趣味,估了价啦,得不偿失,上帝呵!只求你早些接引!……

我看着丽石的这些日记,热泪竟不自觉的流下来了。唉!我什么话也不能再多说了。

彷 徨

我记得我曾乘着一叶的孤舟,荡漾在无边的大海里,
鼓勇向那茫茫的柔波前进。
我记得我曾在充满春夜明月的花园里,
嗅过兰芷的幽香;
穿过轻柔的柳丝,
走遍这座花园,
寻找那管花园的主人。
我记得我会在微微下着白霜的秋天的早晨,
听芭蕉和梧桐喳喳喊喊地私语,
看见枫叶红得和朝霞似的;
这时我曾恳切的要找到和秋天同来的女神。
我记得我曾在没有人迹的穷崖绝谷里,
听石隙中细流潺潺地低唱着;
山顶上的瀑布怒吼般的长啸着;
我这时曾极力寻找散布自然种子的神秘使者。
但那里有彼岸?

那里有花园的主人？
那里有秋天的女神？
那里有自然的使者？
彷徨？失望！
无论在甚么地方，我只是彷徨着呵！

"无论谁总尝过彷徨和失望的悲哀了！"这种牢不可破的观念——其实是信念常常横梗在无数的人类心里。

秋心他天生好深思——在他额颜上微微有两三道细嫩的皱褶，便可以知道了。他这时已经完了刻板的教师工作，安享那星期六下半天闲暇的清福，学生们都回去了。同事们都忙着个人的事情，也有出去拜会朋友的，静悄悄地学校里，只剩了他一个人，他忙着收拾书籍，洗澡，不觉得已到五点多钟了。

他打开抽屉，拿出一叠四五封朋友们的信来，打算一封封回复。他提着饱吸墨水的笔，展开雪样白的信笺，在上面如飞般写了几行。忽又停住，放下笔，把那张信笺细细轻轻地念道：

"友周！

你的信收到了。教育对于人类究竟有甚么效力？我始终不敢回答你……不过你所说的青年的悲哀，我实在有同感！现在我们的同伴，十个有九个是沉沦在悲哀的海里——尤其是沉沦在矛盾的心流的苦海里，在他们脆弱嫩稚的心里，横放着两件不相融洽的战器，——情与智——终日不住的战争……"

他看到这里，不觉叹了一口气，又把友周的来信读了几行，接着往下写道：——

"不错！悲哀的确是人生不能躲避的,尤其是我们青年人,我们一面受情感的支配;一面又受理智的压迫……我们充满着希望,完美的前途的热情,我们恳切的盼望我们能被每一个人慈祥而含重视的目光照临,当我们偶然听见我们的朋友微笑着,赞扬我们的时候,绚烂的光明的前途,仿佛就要寻到了。我们柔弱的心芽,活泼泼地跳跃起来了。但是当我们初次遇到人们无意的嘲笑,我们的心便受了冷森森锥子的伤痕,对于人间战兢了!甚至于痛哭绝望,否认我们的前途,我们这时没有希望了,绚烂的光明的前途,都成了深夜的梦,这时我们便镇静着愤怒和悲抑的情绪,更深一层问甚么是人生的究竟？唉！聪明人纵牺牲一生的精神,躲在神秘的研究室里,谁又曾找到人生的究竟？呵！明知没有究竟,偏要追求究竟,他们怎能不发狂呢？怎能不求脱弃躯壳;而使我们的灵魂徜徉于我们的故乡——白云深处呢！……"

他写到这里不能往下再写了,沙沙地一阵秋声,呜咽着,从一半萎黄的芭蕉树里,轻轻地透出来,他的心好像受了电流的激荡,迷离着,懒散着,睡在一张躺椅上了。他回忆——儿时的年华:

在一棵白杨树下,那时正是黄昏之后,淡薄的青光,映着白杨树摇摆着,震荡着,他第一次离开母亲的保护,儿时第一次的彷徨,深沉的悲哀浸透他嫩弱的心了。但他还希望着,母亲的爱,绚烂的光明的前途。

他第一次进学校的时候,只十岁,他离开他亲爱的母亲,他的心酸痛,但是他忍着泪,和他的小朋友说:"我母亲告诉我,读了书,便可以作先生,便可以独立。"他的小朋友微笑说"我爹爹也是这样说的"。他们俩手牵着手,在白杨树下互相安慰着,这不过十二三年前的事。

光阴一年年的飞跑过去,他也一年年大了。小学毕业了,又考进中学,在中学四年,也是不负责任的过去了。到他进了高等师范,他希望作先生的心十分热烈了,很顺当过了三年。……

当他快毕业的那一年夏天,一个月夜的晚上,清光映进他的自修室里。他凄苦着,坐在案旁的椅上,他盘算着:"再有两个月,就和这三年半朝夕亲近的自修室告别了!"茫茫的世界,生疏的面孔的人们,叫他到甚么地方去呢?吃饭的问题不能不解决了!上午他回到家里去,母亲曾对他说:"好了!好容易盼望着你卒业了!家里以后也多一个帮手了!你的事情有了些眉目吗?"他想到这里只觉着无限心酸,今天听了校长和主任先生的报告,现在知识阶级的生活,差不多要破产了,一般有志的青年,个人都是被压服于生计问题之下,使他们不能再有思想一切的余裕,所以我们这次卒业的三十几个人很不容易安置呢!……若不得安置,怎么对母亲,怎么对亲友……咳!更怎么对自己!肚子饿便要吃饭呵!前途!唉可怕!

昨日听得一个亲戚说,"他这次试教的成绩很好,或者有希望留堂吧……但是靠不住,比自己好的还有……况且那几个同学同校长主任都特别的联络,并且又是同乡,轮得到自己吗?……不留堂,怎么样?什么地方可以插足呢?若果终久失望,怎么对得住母亲,……什么意思再倚赖人家吃一口闲饭呢?"他想到绝路来了，不禁对着暗淡的月光滴下泪来……

多大的一个伤痕呵！当他听见他的同学和他说："主任先生始终没有提起安置他的问题，留堂的事情恐怕也是失望了！"他想自己的学问或者不如人，平常又不大喜欢联络先生现在谁又知道自己的抱负？岂不埋没了前途？——那里还有前途？只是绝望和悲哀，他那时正和几个朋友，站在公园里的山石旁，来往的游人，络绎不绝，从他身后走过，他禁不住呜咽哭了！他的朋友十三分温存劝慰着他，把他送回家去，这件事就算告了一个段落。然而深刻的伤痕，不时还要复现。

他想到这里，忽然自己站了起来，把他的住室，上下左右看了半天，又走到窗户面前，对着对面的课堂，望了望，不觉叹了一声道："这不是学堂吗？我不是已经作了先生吗？生活独立了，真的！这一切真真实实绝不是梦了。呵！母亲！对得住她了。……"

这时他似乎很骄傲的，露着自喜的神气，光明绚烂的前途，……成功！呵！成功吗？他忽然又怀疑起来了，他回想他初到这学校里的时候，秋雨正淅淅沥沥地下着，秋风正呜呜咽咽的吹着，他独自坐在冷清清地屋子里，留恋着家人，思念着朋友，要想写封长篇的信，痛痛快快发舒，发舒，但是他才提起笔来，他的心又跳了，明天第一点钟就要上课，我第一句对他们怎么说？我的功课预备了，恐怕因为矜持，临时或者要遗忘，再看一遍吧！他赶紧放下笔，从书堆里抽出一本地理来，看了两行，仿佛熟了，心又他驰，——母亲含笑的坐在软钢丝的床上，她呢？眼圈微红的,轻轻地说道:"年假早点回来!"……"咳!看书吧!明天四十多个人怎么对付呢?"他自言自语的,勉力的打断了思路,极力低下头看书,……明天呵!要上战场了吗?……不是!不过是给四十多个学生讲学呵!我知道甚么?——历史、地理大约都还记得,但是"周朝封建制度的流弊如何!"似乎想不起来了!急忙走到书架上,把《通鉴》拿下来,翻了半天,又把历史教科书打开看看,仿佛知道了!紧张的心弦,微微平定了,写信吧!匆匆忙忙把历史、《通鉴》依旧放在书架上,放下心写信,写了半天,"作人苦!——人生没意思"唉!写不下去,息了灯,蒙起头努力的睡觉吧!

第二天,天色才朦胧,他便心慌得睡不着了,无精打采的,下了床,披上衣服,坐在案旁,又把讲义拿出来看了一遍,似乎有了把握,洗脸吧!推开窗户,望着讲堂的门,不觉又心跳起来。

时间又像快得很,眼看就要走进那个门,登在那座讲台上去,……不!这时间实在太不好过,快些上了堂吧!命运——没决定的命运;悬着,不如已受裁判!心里像吊桶般,七上八下的跳动着!

"铛铛铛"一阵响,仿佛一阵枪声,心跳了!不觉默默地沉思:"我作学生的时候,钟声怎么那种温和?这里的钟声怎么特别惨厉呢?"……"走吧!上堂了!"他听见一个同事对他这么讲,他跟着他们一齐走了,进了讲堂,四十多双眼睛,逼视的寒光,和电般激得他战悚了!只觉头昏,眼花,心头扑扑地乱跳,学生站起来了,他的右脚迈上讲堂,两腿不觉也抖起来了,勉强镇静了,鞠了一个躬,学生都坐下了静悄悄地,没有一点声音,他仿佛只听见心房跳动，扑扑地响声，无论怎么样，实在得开口了，他用力的说"诸君！……"气又急促起来了！歇了半天，才又接着说……"鄙人很感愉快得有这个好机会……和诸君一堂研究！……"他说着话，看见有两个学生，微微地笑了笑，他不知不觉脸红了，心里更觉慌忙，眼前黑漆漆地；一秒钟里，他的确失了感觉，他想他自己站在四十几个，冷冰冰地面孔的学生面前，好像孤身到了北冰洋，四面寒气紧逼着他，全身的血脉都凝固了！他的心冰冷了！但是还用力高声讲，继续着不竭声的讲，……看看表，下课还差二十分呢！讲！努力的讲！声音抖战着；心弦紧张着，但是不能不作他应作的事："你们都明白了吗？"他问了一声，没有人答应，再问一声，有两三个人，微微点点头，他不由得，又焦灼，又心伤，他极力忍着泪说："你们对于教授上，有什么意见吗？有，请你们说……我一定愿意采纳诸君的意见……"他诚恳的问。学生们只是微笑着，对面相望着，永没有人肯发言，他更心慌了！他想莫非他们是取消极的抵抗法吗？……要想把他们的心，掀起来看看，但是不能，要想问他们："你们不满意我教吗？"咳！没有勇气，若果他们果真答应"是！"怎么处呢？等了半天，有一个学生说话了。他说："我们应当怎么去读书？"好大问题，我不能不对付他们，一件一件告诉他们，说了许多话，还不听见打下堂铃，咳！这一点钟怎么好像快到一年了！……挨了又挨，迟了又迟，赦罪的铃才响了，拍拍身上的白粉面，慌慌张张走下讲堂，无精打采回到屋子里，放下书，莫明其妙的辛酸味道，蹿上心头，咳！人生什么意思？耐不住流泪了！

放下窗帘，斜倚在卧椅上，猜想这一点钟学生们的心理，好意吗？不敢自信,他们笑甚么？……咳！若果不满意,或者不至于这么平安吧！……依旧不能自信,到外面打探打探同事们的口气,……一点的希望……真不敢再想了！掩上门出来,到了同事面前,看看他们的脸色,……要问：然而不敢开口,怯弱羞涩,——嗫嚅了半晌,只得自言自语的说："今天教得真是不好！"……果然这话有效力,同事们都笑道："你还有不好的吗？实在好得很！"这话仿佛可以安慰彷徨的心然而不敢深信,深深回想,适才讲堂上的情形,回想自己说的话,一遍两遍好像没有什么大缺漏,成绩大约不至于十分的坏吧！心弦渐渐弛缓了,紧皱的眉峰逐渐舒展了！渐渐地有说有笑,——奇怪这时间真作怪,快乐的时候,一点钟好像一分钟便过去,他觉得还没说上几句话,已经去了两点多钟。天又要黑,明天又得上课,心弦又紧张了！撇了一切,又躲到书堆里去看书,一页,两页,三页,眼皮盖下来了。伏在书案上,要睡,但是那里睡得着,——看看钟已经十二点夜深了,唉！坐在软钢铁床的母亲。她和蔼的微笑,乡园的相片,又一张张摆在面前了！回想登船的那天晚上,辛酸失望,他伏在枕上哭了！迷迷昏昏,不知怎么便过了一夜……

一天一天和度年般挨过去了。他不觉已上了一星期的课,命运似乎有些把握了。不幸有一天他看见许多学生,围在一起,切切私语着,好像商议什么事,他脆弱的心,久经波折的心,禁不住又狂跳起来,这个私语莫非有关系自己吧？若果失望了,朋友们的冷眼,家人们的埋怨,自己的羞惭,呵！千万把的利刃,刺透了他的心！……

"希望作一个良好的教师,更不容易,现在德谟克拉西的声浪,非常激烈,教授时不取这种精神,总是不高明。"他自己殚精竭虑,想了一夜,到第二天,他上课了,走进讲堂,把气特别抑住,声音特别沉着说:"教育的目的,是阐发个人的个性的,所谓德谟克拉西的精神,所以我对于诸君的意见,是异常尊重,诸君有什么意见吗?——对于这一本教科书,觉得深还是浅呢?"他的问题发过了,台下的学生,切切的商议着,嘈嘈杂杂地谈论着,约摸乱了两三分钟,一个学生站起来说:"先生!我们觉得这本书生字太多了!换一本浅一点的罢!"他点点头答道:"这本书的生字,确实不少,你们大家都感困难吗?"台下一部分学生,小声答道:"是!困难得很!"他才要说换书的话,又有一个学生站起来说:"我们觉得,这本书于我们,很适宜,并且已经学了好几页了,再换书,不是很讨厌吗?"这个学生的话说完了,就听见台底下乱烘烘一阵响声,一部分人,仿佛抱愤不平的样子,跟着又有一个学生站起来说:"凡事应由浅而深,学英文更是不能好高骛远的,这本书我们觉得实在读不来,勉强下去,有什么益处呢?"他这时竟没有方法了!心想德谟克拉西的精神,是这个样子呵!……咳!台底下的秩序简直大乱了!有几个学生,私自争执起来,他直觉左右为难,怔怔站在台上,说不出一句话来……大家实在争执得不像样了,他蓄着满腔的闷气,嗫嚅着道:"你们……你们先不要乱,慢慢想法子,……才要使你们两方面都不大吃亏!"学生们听了这话,稍微平静了,然而还有几个很露着不满意的神气,自言自语的,不知是抱怨反对自己意见的同学,还是觉得先生不能想个周全办法,他这时只觉心头闷郁,两颊发热,幸而这时下堂铃响了,这个德谟克拉西的教授法的败将,才得脱逃重围!

咳！教授了一个多月的书，没有一天不是在荆天棘地里恐慌着、战兢着办事呢？也一样的困难，——昨天为着学生们更换住室，自己事前大大地费了一番的盘算，——管理上便利，学生们的方便。他把这所有的住所，按着次序画了一张很整齐的图，作一张很有条理的启事，已经弄到夜深更静了，但是总算作成了一件事，心理略觉舒展，睡在床上，很快便入梦了。到了第二天早起，兴兴头头，把这张图和启事都挂出来了，一方面，又去监督着学生搬移，——平常有秩序的生活，立刻呈着紊乱的现象，满院子都是学生们喧哗的声音，满地都是碎纸破书，随着秋风落叶一齐乱飞乱舞，他站在走廊上，默默地看着，自己一方感得肩着很重的责任，似乎很可以骄傲，一方又很感得烦燥，究竟作人是没多大意义吗？他想到这里，十分心烦，又觉得两腿站得很疲倦，因吩咐了学生们几句话，他便回到教员办事处，坐在椅上，正端着一碗茶，喝了两口，只见两个学生走进来说："先生，我们几个本来好好住在一间屋子里，彼此都很相得，现在把我们分到两三个地方，很觉得不方便，并且那两间屋子，又不是我们同年级的人住的，温习起功课来，种种不方便，请先生替我们掉换掉换吧！"他听完沉吟了半晌说："这里实在有许多困难，你们顾了你们的小团体，管理上便大费麻烦！并且排的时候，四方八面都费了一次盘算，若你们一动，便要全局都牵动了！你们还是将就点吧！"那几个学生，又申说半天，他也照样的解释半天，那几个学生无奈何的走了，他心想或者他们还是可以搬吧？同事们大家也都这样想着，所以都轻轻把这问题放下了。但是没到半点钟又来了三四个学生说："先生，你不是派我们三个住第五间房子吗？但是他们那几个人，不肯搬，说他们住得好好地，为什么又要叫他们分开？先生：我们到底住到甚么地方去呢？"他站了起来说："他们不肯搬，等我和他们说去，"他和学生们一齐走了，到了那里，只是那几个学生，板着面孔，很不高兴的，站在廊庑上，他忍着气，和他们再三的解释，费了两点钟的光阴，才算把他们勉勉强强地说动了，答应搬。他的心略觉安慰，仍回到教务处坐下，不知不觉又把适才的事情，想了一遍，觉得自己为什么要这样低心下气呢？——咳！作人只为了吃饭吗？精神上的苦痛，始终得不到代价，平心静气的，替他们布置了，而永远不能得到他们的谅解，以为先生总是他们的敌人，……咳！这碗饭真不容易吃！——我为吃饭，……他想到这里不觉脸红了，心酸了，眼泪滴下来了！这时又有几个学生，进来说："先生我丢了东西。"他又只得跟着他们过住室这边来，检查了半天，那里有踪迹，——自己不免觉着责任的压迫，和失物学生的懊丧，定须想个追求的方法，一面又想到教育的效果在那里？教育的事业有甚么趣味？但是到那里去呢？前面是茫茫的大海，后面是荡荡的大河，四面又都是生疏的、冷酷的。没有一只渡船，"咳呀！作人原来只是吃饭——吃饭——值得这么劳碌的活着吗？悲哀呀！无论在甚么地方我只遇见他呵！"

　　秋心坐在躺椅上，想起往事，竟想出了神，他不觉得这是已往的旧痕，他不觉得这时正安坐着享星期六安闲的清福，他只觉得心头是苦的，喉头是哽着，鼻子是辣着，泪水是澎涨着，他不止住呜咽的哭，泪水湿了襟袖，灵魂的伤痕大大地爆烈了，静悄悄地黄昏里；一切都模糊了。唯有桌上放着的洋灯，吐着惨绿的光焰,从窗隙进来的冷风,吹得灯光摇荡不定。"咳!不可捉摸的命运,只有悲哀是永久系住了!……"

隐隐听得杂乱的脚步声,和谈话声,知道同事们已经回来了,看看手上的表,已经七点了,外面吃饭的铃响了!又惹起他的悲哀来,——不免要咒诅吃饭的事,因吹息了灯,关上房门立誓不吃今晚上的饭。……

海滨故人

一

呵！多美丽的图画！斜阳红得像血般，照在碧绿的海波上，露出紫蔷薇般的颜色来，那白杨和苍松的荫影之下，她们的旅行队正停在那里，五个青年的女郎，要算是此地的熟客了，她们住在靠海的村子里；只要早晨披白绡的安琪儿，在天空微笑时，她们便各拿着书跳舞般跑了来。黄昏红裳的哥儿回去时，她们也必定要到。

她们到是什么来历呢，有一个名字叫露沙，她在她们五人里，是最活泼的一个。她总喜欢穿白纱的裙子，用云母石作枕头，仰面睡在草地上默默凝思。她在城里念书，现在正是暑假期中，约了她的好朋友——玲玉，莲裳，云青，宗莹住在海边避暑，每天两次来赏鉴海景。她们五个人的相貌和脾气都有极显著的区别，露沙是个很清瘦的面庞和体格。但却十分刚强，她们给她的赞语是"短小精悍"，她的脾气很爽快，但心思极深，对于世界的谜仿佛已经识破，对人们交接，总是诙谐的。玲玉是富于情感，而体格极瘦弱，她常常喜欢人们的赞美和温存。她认定世界的伟大和神秘，只是爱的作用，她喜欢笑，更喜欢哭，她和云青最要好。云青是个智理比感情更强的人。有时她不耐烦了，不能十分温慰玲玉，玲玉一定要背人偷拭泪，有时竟至放声痛哭了。莲裳为人最周到，无论和什么人都交际得来，而且到处都被人欢迎，她和云青很好，宗莹在她们里头，是最娇艳的一个，她极喜欢艳妆，也喜欢向人夸耀她的美和她的学识，她常常说过分的话。露沙和她很好，但露沙也极反对她思想的近俗，不过觉得她人很温和，待人很好，时时的牺牲了自己的偏见，来附和她，她们样样不同的朋友，而能比一切同学亲热，就在她们都是很有抱负的人，和那醉生梦死的不同。所以她们就在一切同学的中间，筑起高垒来隔绝了。

有一天朝霞罩在白云上的时候。她们五个人又来了，露沙睡在海崖上。宗莹蹲在她的身旁，莲裳、玲玉、云青站在海边听怒涛狂歌，看碧波闪映，宗莹和露沙低低地谈笑，远远忽见一缕白烟从海里腾起。玲玉说："船来了！"大家因都站起来观看，渐渐看见烟筒了，看见船身了，不到五分钟整个的船都可以看得清楚，船上许多水手都对她们望着，直到走到极远才止。她们因又团团坐下，说海上的故事。

开始露沙述她幼年时，随她的父母到外省作官去，也是坐的这样的海船，有一天因为心里烦闷极了，不住声的啼哭，哥哥拿许多糖果哄她，也止不住哭声，妈妈用责罚来禁止她的哭声，也是无效。这时她父亲正在作公文，被她搅得急起来，因把她抱起来要往海里抛。她这时惧怕那油碧碧的海水，才止住哭声。

宗莹插言道露沙小时的历史,多着呢,我都知道。因我妈妈和她家认识,露沙生的那天,我妈妈也在那里。玲玉说你既知道,讲给我们听听好不好?宗莹看着露沙微笑,意思是探她许可与否,露沙说:"小时的事情我一概不记得,你说说也好,叫我也知道知道。"

于是宗莹开始说了:"露沙出世的时候,亲友们都庆贺她的命运,因为露沙的母亲已经生过四个哥儿了。当孕着露沙的时候,只盼望是个女儿。这时露沙正好出世。她母亲对这嫩弱的花蕊,十分爱护,但同时意外的事情发生了,不免妨碍露沙的幸运,就是生露沙的那一天,她的外祖母死了。并且曾经派人来接她的母亲,为了露沙的出世,终没去成,事后每每思量,当露沙闭目恬适睡在她臂膀上时,她便想到母亲的死,晶莹的泪点往往滴在露沙的颊上。后来她忽感到露沙的出世有些不祥,把思量母亲的热情,变成憎厌露沙的心了!

还有不幸的,是她母亲因悲抑的结果,使露沙没有乳汁吃,稚嫩的哀哭声,便从此不断了。有一天夜里,露沙哭得最凶,连她的小哥哥都吵醒了。她母亲又急又痛,止不住倚着床沿垂泪,她父亲也叹息道:"这孩子真讨厌!明天雇个奶妈,把她打发远点,免得你这么受罪!"她母亲点点头,但没说什么。

过了几天,露沙已不在她母亲怀抱里了,那个新奶妈,是乡下来的,她梳着奇异像蝉翼般的头,两道细缝的小眼,上唇撅起来,露着牙龈。露沙初次见她,似乎很惊怕,只躲在娘怀里不肯仰起头来,后来那奶妈拿了许多糖果和玩物,才勉强把她哄去。但到了夜里,她依旧要找娘去,奶妈只把她搂在怀里,轻轻拍着,唱催眠歌儿。才把她哄睡了。

露沙因为小时吃了母亲忧抑的乳汁,身体十分孱弱,况且那奶妈又非常的粗心,她有时哭了,奶妈竟不理她,这时她的小灵魂,感到世界的孤寂和冷刻了。她身体健康更一天不如一天。到三岁了她还不能走路和说话,并且头上还生了许多疮疥。这可怜的小生命,更没有人注意她了。

在那一年的春天,鸟儿全都轻唱着,花儿全都含笑着,露沙的小哥哥都在绿草地上玩耍,那时露沙得极重的热病,关闭在一间厢房里。当她病势沉重的时候,她母亲绝望了,又恐怕传染,她走到露沙的小床前,看着她瘦弱的面庞说:"唉!怎变成这样了!……奶妈!我这里孩子多,不如把她抱到你家里去治吧!能好再抱回来,不好就算了!"奶妈也正想回去看看她的小黑,当时就收拾起来,到第二天早晨,奶妈抱着露沙走了。她母亲不免伤心流泪。露沙搬到奶妈家里的第二天,她母亲又生了个小妹妹,从此露沙不但不在她母亲的怀里,并且也不在她母亲的心里了。

奶妈的家,离城有二十里路,是个环山绕水的村落,她的屋子,是用茅草和黄泥筑成的,一共四间,屋子前面有一座竹篱笆,篱笆外有一道小溪,溪的隔岸,是一片田地,碧绿的麦秀,被风吹着如波纹般涌漾,奶妈的丈夫是个农夫,天天都在田地里作工,家里有一个纺车,奶妈的大女儿银姊,天天用它纺线,奶妈的小女儿小黑和露沙同岁,露沙到了奶妈家里,病渐渐减轻,不到半个月已经完全好了,便是头上的疮也结了痂,从前那黄瘦的面孔,现在变成红黑了。

露沙住在奶妈家里,整整过了半年,她忘了她的父母,以为奶妈便是她的亲娘,银姊和小黑是她的亲姊姊。朝霞幻成的画景,成了她灵魂的安慰者,斜阳影里唱歌的牧童,是她的良友,她这时精神身体都十分焕发。

露沙回家的时候,已经四岁了。到六岁的时候,就随着她的父母作官去,以后的事情我就不知道了。

宗莹说到这里止住了。露沙只是怔怔地回想,云青忽喊道:"你看那海水都放金光了,太阳已经到了正午,我们回去吃饭吧!"她们随着松荫走了一程已经到家了。

在这一个暑假里,寂寞的松林,和无言的海流,被这五个女孩子点染得十分热闹,她们对着白浪低吟,对着激潮高歌,对着朝霞微笑,有时竟对着海月垂泪。不久暑假将尽了,那天夜里正是月望的时候,她们黄昏时拿着箫笛等来了。露沙说:"明天我们就要进城去,这海上的风景,只有这一次的赏受了。今晚我们一定要看日落和月出……这海边上虽有几家人家,但和我们也混熟了,纵晚点回去也不要紧,今天总要尽兴才是。"大家都极同意。

西方红灼灼地光闪烁着,海水染成紫色,太阳足有一个脸盆大,起初盖着黄色的云,有时露出两道红来,仿佛火神怒睁两眼,向人间狠视般,但没有几分钟那两道红线化成一道,那彩霞和彗星般散在西北角上,那火盆般的太阳已到了水平线上,一霎眼那太阳已如狮子滚绣球般,打个转身沉向海底去了。天上立刻露出淡灰色来,只在西方还有些五彩余辉闪烁着。

海风吹拂在宗莹的散发上,如柳丝轻舞,她倚着松柯低声唱道：

> 我欲登芙蓉之高峰兮，
> 白云阻其去路。
> 我欲攀绿萝之俊藤兮；
> 惧颓岩而踟躇。
> 伤烟波之荡荡兮；
> 伊人何处？
> 叩海神久不应兮；
> 唯漫歌以代哭！

接着歌声，又是一阵箫韵，其声嘤嘤似蜂鸣群芳丛里，其韵溶溶似落花轻逐流水，渐提渐高激起有如孤鸿哀唳碧空，但一折之后又渐转和缓恰似水渗滩底呜咽不绝，最后音响渐杳，歌声又起道：

> 临碧海对寒素兮，
> 何烦纤之萦心！
> 浪滔滔波荡荡兮，
> 伤孤舟之无依！
> 伤孤舟之无依兮，
> 愁绵绵而永系！

大家都被了歌声的催眠，沉思无言，便是那作歌的宗莹，也只有微叹的余音，还在空中荡漾罢了。

二

她们搬进学校了。暑假里浪漫的生活,只能在梦里梦见,在回想中想见。这几天她们都是无精打采的。露沙每天只在图书馆,一张长方桌前坐着,拿着一枝笔,痴痴地出神,看见同学走过来时,她便将人家慢慢分析起来,同学中有一个叫松文的从她面前走过,手里正拿着信,含笑的看着,露沙等她走后,便把她从印象中提出,层层地分析,过了半点钟。便抽去笔套,在一册小本子上写道:——

"一个很体面的女郎,她时时向人微笑,多美丽呵!只有含露的荼蘼能比拟她。但是最真诚和甜美的笑容。必定当她读到情人来信时才可以看见!这时不止像含露的荼蘼了。并且像斜阳薰醉的玫瑰。又柔媚又艳丽呢!"她写到这里又有一个同学从她面前走过。她放下她的小本子,换了宗旨不写那美丽含笑的松文了!她将那个后来的同学照样分析起来。这个同学姓郫,在她一级中年纪最大。——大约将近四十岁了——她拿着一堆书,皱着眉走过去。露沙望着她的背影出神。不禁长叹一声,又拿起笔来写道:"她是四十岁的母亲了,——她的儿已经十岁——当她拿着先生发的讲义——二百余页的讲义,细细的理解时,她不由得想起她的儿来了。她那时皱紧眉头,合上两眼,任那眼泪把讲义湿透,也仍不能止住她的伤心。

先生们常说:'她是最可佩服的学生。'我也只得这么想,不然她那紧皱的眉峰,便不时惹起我的悲哀:我必定要想到:'人多么傻呵!因为不相干什么知识——甚至于一张破纸文凭,把精神的快活完全牺牲了……'"当当一阵吃饭钟响,她才放下笔,从图书馆出来,她一天的生活大约如是,同学们都说她有神经病,有几个刻薄的同学给她起个绰号,叫"著作家",她每逢听见人们嘲笑她的时候。只是微笑说:"算了吧!著作家谈何容易?"说完这话,便头也不回的跑到图书馆去了。

宗莹最喜欢和同学谈情。她每天除上课之外,便坐在讲堂里,和同学们说:"人生的乐趣,就是情。"她们同级里有两个人,一个叫作兰香,一个叫作孤云,她们两人最要好。然而也最爱打架。她们好的时候,手挽着手。头偎着头,低低地谈笑。或商量两个人作一样衣服,用什么样花边,或者作一样的鞋,打一样的别针,使无论什么人一见她们,就知道她们是顶要好的朋友,有时预算星期六回家,谁到谁家去,她们说到快意的时候,竟手舞足蹈,合唱起来。这时宗莹必定要拉着玲玉说:"你看她们多快乐呵!真是人若没有感情,就不能生活了。情是滋润草木的甘露,要想开美丽的花,必定要用情汁来灌溉,"玲玉也悄悄地谈论着。我们级里谁最有情,谁有真情,宗莹笑着答她道:"我看你最多情,——最没情就是露沙了。她永远不相信人,我们对她说情,她便要笑我们。其实她的见地实在不对。"玲玉便怀疑着笑说道:"真的吗?……我不相信露沙无情,你看她多喜欢笑,多喜欢哭呀。没情的人,感情就不应当这么易动。"宗莹听了这话,沉思一回,又道:"露沙这人真奇怪呀!……有时候她闹起来,比谁都活泼,及至静起来,便谁也不理的躲起来了。"

她们一天到晚,只要有闲的时候,便如此的谈论,同学们给她们起了绰号。叫"情迷"。她们也笑纳不拒。

云青整天理讲义,记日记。云青的姊妹最多。她们家庭里因组织了一个娱乐会。云青全份的精神都集中在这里,下课的时候,除理讲义,抄笔录,和记日记外,就是作简章,和写信。她性情极圆和,无论对于什么事,都不肯吃亏,而且是出名的拘谨。同级里每回开级友会,或是爱国运动。她虽热心帮忙,但叫她出头露面,她一定不答应。她唯一的推辞只说:"家里不肯。"同学们能原谅她的。就说她家庭太顽固,她太可怜,不能原谅她,就冷笑着说:"真正是个薛宝钗。"她有时听见这种的嘲笑,便呆呆坐在那里。露沙若问她出什么神?她便悲抑着说:"我只想求人了解真不容易!"露沙早听惯看惯她这种语调态度,也只冷冷地答道:"何必求人了解?老实说便是自己有时也不了解自己呢!"云青听了露沙的话,就立刻安适了,仍旧埋头作她的工作。

莲裳和他们四人不同级,她学的是音乐。她每日除了练琴室里弹琴,便是操场上唱歌。她无忧无虑,好像不解人间有烦恼事,她每逢听见云青露沙谈人无味一类的话,她必插嘴截住她们的话说:"嗳呀!你们真讨厌。竟说这些没意思的话,有什么用处呢?来吧!来吧!操场玩去吧!"她跑到操场里,跳上秋千架,随风上下翻舞,必弄得一身汗她才下来,她的目的,只是快乐。她最憎厌学哲理的人,所以她和露沙她们不能常常在一处,只有假期中,她们偶然聚会几次罢了。

她们在学校里的生活很平淡,差不多没有什么意外的事情发现。到了第三个年头,学校里因为爱国运动,常常罢课。露沙打算到上海读书。开学的时候,同学们都来了,只短一个露沙,

云青、玲玉、宗莹都感十分怅惘,云青更抑抑不能耐,当日就写了一封信给露沙道:

露沙:

　　赐书及宗莹书,读悉,一是,离愁别恨,思之痛,言之更痛,露沙!千丝万缕,从何诉说?知惜别之不免。悔欢聚之多事矣!悠悠不决之学潮,至兹告一结束,今日已始行补课,同堂相见,问及露沙,上海去也。局外人已不胜为吾四人憾,况身受者乎?吾不欲听其问,更不忍笔之于此以增露沙愁也!所幸吾侪之以志行相契,他日共事社会,不难旧雨重逢,再作昔日之游,话别情,倾积愫,且喜所期不负,则理想中乐趣,正今日离愁别恨有以成之;又何惜今日之一别,以致永久之乐乎?云素欲作积极语,以是自慰,亦勉以是为露沙慰,知露沙离群之痛,总难恝然于心。姑以是作无聊之极想,当耐味之榆柑可也。

　　今日校中之开学式,一种萧条气象,令人难受,露沙!所谓"别时容易见时难"。吾终不能如太上之忘情,奈何!得暇多来信,余言续详,顺颂康健!

云青

云青写完信,意绪兀自懒散,在这学潮后,杂乱无章的生活里,只有沉闷烦纡,那守时刻司打钟的仆人,一天照样打十二回钟,但课堂里零零落落,只有三四个人上堂。教员走上来,四面找人,但窗外一个人影都没有。院子里只有垂杨对那孤寂的学生教员,微微点头。玲玉、宗莹和云青三个人,只是在操场里闲谈,这时正是秋凉时候,天空如洗,黄花满地,西风爽辣。一群群雁子都往南飞。更觉生趣索然。她们起初不过谈些解决学潮的方法,已觉前途的可怕,后来她们又谈到露沙了,玲玉说:"露沙走了,与她的前途未始不好。只是想到人生聚散,如此易易,太没意思了,现在我们都是作学生的时代,肩上没有重大的责任,尚且要受种种环境支配,将来投身社会,岂不更成了机械吗?……"云青说:"人生有限的精力。消磨完了就结束了,看透了到不值得愁前虑后呢?"宗莹这时正在葡萄架下,看累累酸子,忽接言道:"人生都是苦恼,但能不想就可以不苦了!"云青说:"也只有作如此想。"她们说着都觉倦了,因一齐回到讲堂去。宗莹的桌上忽放着一封信,是露沙寄来的,她忙忙撕开念道:——

　　人寿究竟有几何?穷愁潦倒过一生;未免不值得!我已决定日内北上,以后的事情还讲不到,且把眼前的快乐享受了再说。

　　宗莹!云青!玲玉!从此不必求那永不开口的月姊——传我们心弦之音了!呵!再见!

宗莹喜欢得跳起来。玲玉云青也尽展愁眉,她们并且忙跑去通知莲裳,预备欢迎露沙。

露沙到的那天,她们都到火车站接她。把她的东西交给底下人拿回去。她们五个人一齐走到公园里。在公园里吃过晚饭,便在社稷坛散步,她们谈到暑假分别时曾叮嘱到月望时,两地看月传心曲,谁想不到三个月,依旧同地赏月了！在这种极乐的环境里,她们依旧恢复她们天真活泼的本性了。

她们谈到人生聚散的无定。露沙感触极深,因述说她小时的朋友的一段故事：

"我从九岁开始念书,启蒙的先生是我姑母,我的书房,就在她寝室的套间里。我的书桌是红漆的,上面只有一个墨盒,一管笔,一本书,桌子面前一张木头椅子。姑母每天早晨教我一课书,教完之后,她便把书房的门倒锁起来,在门后头放着一把水壶,念渴了就喝白开水,她走了以后,我把我的书打开。忽听见院子里妹妹唱歌。哥哥学猫叫,我就慢慢爬到桌上站在那里,从窗眼往外看,妹妹笑,我也由不得要笑,哥哥追猫。我心里也像帮忙一块追似的,我这样站着两点钟也不觉倦,但只听见姑母的脚步声,就赶紧爬下来,很规矩的坐在那里,姑母一进门,正颜厉色的向我道：'过来背书,'我那里背得出。便认也不曾认得。姑母怒极,喝道：'过来！'我不禁哀哀地哭了,她拿着皮鞭抽了几鞭。然后狠狠的说：'十二点再背不出,不用想吃饭呵！'我这时恨极这本破书了。但为要吃午饭,也不能不拼命的念,侥幸背出来了,混了一顿午饭吃。但是念了一年,一本《三字经》还不曾念完。姑母恨极了,告诉了母亲把我狠狠责罚了一顿,从此不教我念书了。我好像被赦的死囚,高兴极了。

有一天我正在同妹妹作小衣服玩,忽听见母亲叫我说：'露沙！你一天在家里不念书,竟顽皮,把妹妹都引坏了。我现在送你上学校去,你若不改,被人赶出来,我就不要你了。'我听了这话,又怕又伤心,不禁放声大哭。后来哥哥把我抱上车,送我到东城一个教会学堂里,我才迈进校长室,心里便狂跳起来。在我的小生命里,是第一次看见蓝眼睛、高鼻子的外国人,况且这校长满脸威严。我哥哥和她说:'这小孩是我的妹妹,她很顽皮,请你不用客气的管束她。那是我们全家所感激的。'那校长对我看了半天说:'哦!小孩子!你应当听话,在我的学校里,要守规矩,不然我这里有皮鞭,它能责罚你。'她说着话,把手向墙上一捺。就听见'琅琅!'一阵铃响,不久就走进一个中国女人来,年纪二十八九,这个人比校长温和得多,她走进来和校长鞠了个躬,并不说话,只听见校长叫她道:'魏教习!这个女孩是到这里读书的,你把她带去安置了吧!'那个魏教习就拉着我的手说:'小孩子!跟我来!'我站着不动。两眼望着我的哥哥,好似求救似的,我哥哥也似了解我的意思,因安慰我说:'你好好在这里念书,我过几天来看你。'我知道无望了,只得勉勉强强跟着魏教习到里边去。

这学校的学生,都是些乡下孩子,她们有的穿着打补钉的蓝布褂子,有的头上扎着红头绳,见了我都不住眼的打量,我心里又彷徨,又凄楚。在这满眼生疏的新环境里,觉得好似不系之舟,前途命运真不可定呵。迷糊中不知走了多少路,只见魏教习领我走到楼下东边一所房子前站住了。用手轻轻敲了几下门,那门便'呀'的一声开了。一个女郎戴着蔚蓝眼镜,两颊娇红,眉长入鬓,身上穿着一件月白色的长衫,微笑着对魏教习鞠了躬说:'这就是那新来的小学生吗?'魏教习点点头说:'我把她交给你,一切的事情都要你留心照应,'说完又回头对我说:'这里的规矩,小学生初到学校,应受大学生的保护和管束,她的名字叫秦美玉,你应当叫她姐姐,好好听她的话,不知道的事情都可以请教她。'说完站起身走了。那秦美玉拉着我的手说:'你多大了?你姓什么?叫什么?……这学校的规矩很利害,外国人是不容情的,你应当事事小心。'她正说着,已有人将我的铺盖和衣物拿进来了。我这时忽觉得诧异,怎么这屋子里面没有床铺呵?后来又看她把墙壁上的木门推开了。里头放着许多被褥,另外还有一个墙橱,便是放衣服的地方,她告诉我这屋里住五个人,都在这木板上睡觉,此外,有一张长方桌子,也是五个人公用的地方,我从来没看见过这种简陋的生活,仿佛到了一个特别的所在,事事都觉得不惯。并且那些大学生,又都正颜厉色的指挥我打水扫地,我在家从来没作过,况且年龄又太幼弱,怎么能作得来。不过又不敢不作,到烦难的时候,只有痛哭,那些同学又都来看我,有的说:'这孩子真没出息!'有的说:'管管她就好了。'那些没有同情的刺心话,真使我又羞又急,后来还是秦美玉有些不过意,抚着我的头说:'好孩子!别想家,跟我玩去。'我擦干了眼泪,跟她走出来,院子里有秋千架,有荡木,许多学生在那里玩耍,其中有一个学生,和我差不多大,穿着藕合色的洋纱长衫,对我含笑的望,我也觉得她和别的同学不同,很和气可近的,我不知不觉和她熟识了,我就别过秦美玉和她牵着手,走到后院来。那里有一棵白杨树,底下放着一块捣衣石,我们并肩坐在那里,这时正是黄昏的时候,柔媚的晚霞,缀成幔天红罩,金光闪射,正映在我们两人的头上,她忽然问我道:'你会唱圣诗吗?'我摇头说'不会',她低头沉思半晌说:'我会唱好几首,我教你一首好不好？'我点头道：'好！'她便轻轻柔柔地唱了一首，歌词我已记不得了。只是那爽脆的声韵，恰似娇莺低吟，春燕轻歌，到如今还深刻脑海，我们正在玩得有味，忽听一阵铃响，她告诉我吃晚饭了。我们依着次序，走进膳堂，那膳堂在地窖里，很大的一间房子，两旁都开着窗户，从窗户外望，平地上所种的杜鹃花正开得灿烂娇艳，迎着残阳，真觉爽心动目。屋子中间排着十几张长方桌，桌的两旁放着木头板凳，桌上当中放着一个绿盆，盛着白木头筷子和黑色粗碗，此外排着八碗茄子煮白水，每两人共吃一碗，在桌子东头，放着一菠萝棒子面的窝窝头，黄腾腾好似金子的颜色，这又是我从来没吃过的，秦美玉替我拿了两块放在面前。我拿起来咬了一口，有点甜味，但是嚼在嘴里，粗糙非常，至于那碗茄子，更不知道是什么味道，又涩又苦。想来既没有油，盐又放多了，我肚子其实很饿，但我拿起筷子勉强吃了两口，实在咽不下，心里一急，那眼泪点点滴滴都流在窝窝头上了，那些同学见我这种情形，有的诽笑我，有的谈论我，我仿佛听见她们说：'小姐的派头倒十足，但为什么不吃小厨房的饭呢？'我那时不知道这学校的饭是分等第的，有钱的吃小厨房饭，没钱就吃大厨房的饭，我只疑疑惑惑不知道她们说什么，只怔怔地看着饭菜垂泪，直等大家都吃完，才一齐散了出来。我自从这一顿饭后，心里更觉得难受了，这一夜翻来覆去，无论如何睡不着，看那清碧的月光，从树杪上移到我屋子的窗棂上，又移到我的枕上，直至月光充满了全屋，我还不曾入梦，只听见那四个同学呼声雷动，更感焦燥，那眼泪又不由自主的流下来了。直到天快亮，我这才迷迷忽忽睡了一觉。

第二天的饭菜,依旧是不能下箸。那个小朋友知道这消息,到吃饭的时候,特把她家里送来的菜,拨了一半给我,我才得吃了一顿饱饭,这种苦楚直挨了两个星期,才略觉习惯些,我因为这个小朋友待我极好。因此更加亲热,直到光复那一年,我家里搬到天津去,我才离开这学校,我的小朋友也回通州去了。到光复以后我已经十三岁了,我的小朋友十二岁,我们一齐都进公立某小学校,后来她因为想学医到别处去,我们五六年不见,想不到前年她又到北京来,我们因又得欢聚,不过现在她又走了——听说她已和人结婚——很不得志,得了肺病,将来能否再见,就说不定了。"

"你们说人生聚散有一定吗?"露沙说完,兀自不住声的叹息,这时公园游人已渐渐散尽,大家都有倦意。因趁着光慢慢散步出园来,一同雇车回学校去。

露沙自从上海回来后,宗莹和云青、玲玉,都觉格外高兴,这时候她们下课后,工作的时候很少,总是四个人拉着手,在芳草地上,轻歌快谈。说到快意时,便哈天扑地的狂笑,说到凄楚时便长呼短叹,其实都脱不了孩子气,什么是人生!什么是究竟!不过嘴里说说,真的苦趣还一点没尝到呢!

三

光阴快极了,不觉又过了半年,不解事的露沙、玲玉、云青、宗莹、莲裳,不幸接二连三都卷入愁海了。

第一个不幸的便是露沙,当她幼年时饱受冷刻环境的熏染,养成孤僻倔强的脾气,而她天性又极富于感情,所以她竟是个智情不调和的人。当她认识那青年梓青时,正在学潮激烈的当儿。天上飘着鹅毛片般的白雪,空中风声凛冽,她奔波道途,一心只顾怎么开会,怎么发宣言,和那些青年聚在一起,讨论这一项,解决那一层,她初不曾预料到这一点的,因而生出绝大的果来。

　　梓青是个沉默孤高的青年,他的议论最彻底,在会议的席上,他不大喜欢说话,但他的论文极多,露沙最喜欢读他的作品,在心流的沟里,她和他不知不觉已打通了,因此不断的通信,从泛泛的交谊,变为同道的深契,这时露沙的生趣勃勃,把从前的冷淡态度,融化许多,她每天除上课外,便是到图书馆看书,看到有心得,她或者作短文,和梓青讨论,或者写信去探梓青的见解,在这个时期里,她的思想最有进步,并且她又开拓研究哲学,把从前懵懵懂懂的态度都改了。

　　有一天正上哲学课,她拿着一枝铅笔记先生口述的话,那时先生正讲人生观的问题,中间有一句说:"人生到底作什么?"她听了这话,忽然思潮激涌,停了手里的笔,更听不见先生继续讲些什么?只怔怔的盘算,"人生到底作什么?……牵来牵去,忽想到恋爱的问题上去,——青年男女,好像是一朵含苞未放的玫瑰花,美丽的颜色足以安慰自己,诱惑别人,芬芳的气息,足以满足自己,迷恋别人。但是等到花残了,叶枯了,人家弃置,自己憎厌,花木不能躲时间空间的支配,人类也是如此,那末人生到底作什么?……其实又有什么可作?恋爱不也是一样吗?青春时互相爱恋,爱恋以后怎么样?……不是和演剧般,到结局无论悲喜,总是空的呵!并且爱恋的花,常常衬着苦恼的叶子。如何跳出这可怕的圈套,清净一辈子呢?……"她越想越玄,后来弄得不得主意,吃饭也不正经吃,有时只端着饭碗拿着筷子出神,睡觉也不正经睡,半夜三更坐了起来发怔,甚至于痛哭了。

这一天下午,露沙又正犯着这哲学病,忽然梓青来了一封信,里头有几句话说:"枯寂的人生真未免太单调了!……唉!什么时候才得甘露的润泽,在我空漠的心田,开朵灿烂的花呢?……恐怕只有膜拜'爱神',求她的怜悯了!"这话和她的思想,正犯了冲突。交战了一天,仍无结果,到了这一天夜里,她勉勉强强写了梓青的回信,那话处处露着彷徨矛盾的痕迹,到第二天早起从新看看,自己觉得不妥,因又撕了,结果只写几个字道:"来信收到了,人生不过尔尔,苦也罢,乐也罢,几十年全都完了,管他呢!且随遇而安罢!"

活泼泼地露沙,从此憔悴了!消沉了!对于人间时而信,时而疑,神经越加敏锐,闲步到中央公园,看见鸭子在铁栏里游泳,她便想到,人生和鸭子一样的不自由,一样的愚钝;人生到底作什么?听见鹦鹉叫,她便想到人们和鹦鹉一样,刻板的说那几句话。一样的不能跳出那笼子的束缚,看见花落叶残便想到人的末路——死——仿佛天地间只有愁云满布,悲雾迷漫,无一不足引起她对世界的悲观,弄得精神衰颓。

露沙的命运是如此。云青的悲剧同时开演了,云青向来对于世界是极乐观的。她目的想作一个完美的教育家,她愿意到乡村的地方——绿山碧水——的所在,召集些乡村的孩子,好好的培植她们,完成甜美的果树,对于露沙那种自寻苦恼的态度,每每表示反对。

这天下午她们都在学校园葡萄架下闲谈,同级张君,拿了一封信来,递给露沙,她们都围拢来问:"这是谁的信,我们看得吗?"露沙说:"这是蔚然的信,有什么看不得的。"她说着因把信撕开,抽出来念道:——

露沙君:

　　不见数月了!我近来很忙。没有写信给你,抱歉得很!你近状如何?念书有得吗?我最近心绪十分恶劣,事事都感到无聊的痛苦,一身一心都觉无所着落,好像黑夜中,独驾扁舟漂泊于四无涯际,深不见底的大海汪洋里,彷徨到底点了呵!日前所云事,曾否进行,有效否,极盼望早得结果,慰我不定的心。别的再谈。

　　　　　　　　　　　　　　蔚然

宗莹说,"这个人不就是我们上次在公园遇见的吗?……他真有趣,抱着一大捆讲义,睡在椅子上看,……他托你什么事?……露沙!"

露沙沉吟不语,宗莹又追问了一句,露沙说:"不相干的事,我们说我们的吧!时候不早,我们也得看点书才对。"这时玲玉和云青正在那唧唧哝哝商量星期六照像的事,宗莹招呼了她们,一齐来到讲堂。玲玉到图书室找书预备作论文,她本要云青陪她去,被露沙拦住说:"宗莹也要找书,你们俩何不同去,"玲玉才舍了云青,和宗莹去了。

露沙叫云青道:"你来! 我有话和你讲。"云青答应着一同出来,她们就在柳荫下,一张凳子上坐下了。露沙说:"蔚然的信你看了觉得怎样?"云青怀疑着道:"什么怎么样? 我不懂你的意思?"露沙说:"其实也没有什么? ……我说了想你也不至于恼我吧?"云青说:"什么事? 你快说就是了。"露沙说:"他信里说他十分苦闷,你猜为什么? ……就是精神无处寄托,打算找个志同道合的女朋友,安慰他灵魂的枯寂! 他对于你十分信任,从前和我说过好几次,要我先容,我怕碰钉子,直到如今不曾说过,今天他又来信,苦苦追问,我才说了,我想他的人格,你总信得过,作个朋友,当然不是大问题是不是?"云青听了这话,一时没说什么,沉思了半天说:"朋友原来不成问题,……但是不知道我父亲的意思怎样? 等我回去问问再说吧!"……露沙想了想答道:"也好吧! 但希望快点!"她们谈到这里,听见玲玉在讲堂叫她们,便不再往下说,就回到讲堂去。

露沙帮着玲玉找出《汉书·艺文志》来,混了些时,玲玉和宗莹都伏案作文章,云青拿着一本《唐诗》,怔怔凝思,露沙叉着手站在玻璃窗口,听柳树上的夏蝉不住声的嘶叫,心里只觉闷闷地,无精打彩的坐在书案前,书也懒看,字也懒写。孤云正从外头进来,抚着露沙的肩说:"怎么又犯了毛病啦,眼泪汪汪是什么意思呵!"露沙满腔烦闷悲凉,经她一语道破,更禁不住,爽性伏在桌上呜咽起来,玲玉、宗莹和云青都急忙围拢来,安慰她,玲玉再三问她为什么难受,她只是摇头,她实在说不出具体的事情来,这一下午她们四个人都沉闷无言,各人叹息各人的,这种的情形,绝不是头一次了。

冬天到了,操场里和校园中没有她们四人的影子了,这时她们的生活只在图书馆或讲堂里,但是图书馆是看书的地方,她们不能谈心,讲堂人又太多,到不得已时,她们就躲在栉沐室里,那里有顶大的洋炉子,她们围炉而谈,毫无妨碍。

最近两个星期,露沙对于宗莹的态度,很觉怀疑。宗莹向来是笑容满面。喜欢谈说的,现在却不然了,镇日坐在讲堂,手里拿着笔在一张破纸上,画来画去,有时忽向玲玉说:"作人真苦呵!"露沙觉得她这种形态,绝对不是无因,这一天的第二课正好教员请假,露沙因约了宗莹到栉沐室谈心,露沙说:"你有什么为难的事吗?"她沉吟了半天说:"你怎么知道?"露沙说:"自然知道,……你自己不觉得,其实诚于中形于外,无论谁都瞒不了呢!"宗莹低头无言,过了些时,她才对露沙说:"我告诉你,但请你守秘密。"露沙说:"那自然啦,你说吧!"

"我前几个星期回家,我母亲对我说有个青年,要向我求婚,据父亲和母亲的意思,都很欢喜他,他的相貌很漂亮,学问也很好,但只一件他是个官僚,我的志趣你是知道的,和官僚结婚多讨厌呵!而且他的交际极广,难保没有不规则的行动,所以我始终不能决定,我父亲似乎很生气,他说:'现在的女孩子,眼里那有父母呵,好吧!我也不能强迫你,不过我觉得这是个好机会,我作父亲的有对你留意的责任,你若自己错过了,那就不能怨人,……据我看那个青年,实在是不可多得的人才,将来至少也有科长的希望……'我被他这一番话说得真觉难堪,我当时一夜不曾合眼,我心里只恨为什么这么倒霉?若果始终要为父母牺牲,我何必念书进学校。只过我六七年前小姐式的生活,早晨睡到十一二点起来,看看不相干的闲书,作两首澜调的诗,满肚皮佳人才子的思想,三从四德的观念,那末父母之命,媒妁之言,我自然遵守,也没有什么苦恼了! 现在既然晋了学校,有了智识,叫我屈伏在这种顽固不化的威势下,怎么办得到! 我牺牲一个人不要紧,其奈良心上过不去,你说难不难? ……"宗莹说到伤心时,泪珠儿便不断的滴下来,露沙到弄得没有主意了,只得想法安慰她说:"你不用着急,天下没有不爱子女的父母,她绝不忍十分难为你……"

宗莹垂泪说:"为难的事还多呢! 岂止这一件。你知道师旭常常写信给我吗?"露沙诧异道:"师旭! 是不是那个很胖的青年?"宗莹道:"是的。"……"他头一封信怎么写的?"露沙如此的问,宗莹道:"他提出一个问题和我讨论,叫我一定须答复,而且还寄来一篇论文叫我看完交回,这是使我不能不回信的原因。"露沙听完,点头叹道:"现在的社交,第一步就是以讨论学问为名,那招牌实在是堂皇得很,等你真真和他讨论学问时,他便再进一层,和你讨论人生问题,从人生问题里便渲染上许多愤慨悲抑的感情话,打动了你,然后恋爱问题就可以应运而生了。……简直是作戏,所幸当局的人总是一往情深,不然岂不味同嚼蜡!"宗莹说:"什么事不是如此? ……作人只得模糊些罢了。"

她们正谈着,玲玉来了,她对她们作出娇痴的样子来,似笑似恼的说。"啊哟! 两个人像煞有介事,……也不理人家,"说着歪着头看她们笑,宗莹说:"来! 来! ……我顶爱你!"一壁说,一壁走,过来拉着她的手,她就坐在宗莹的旁边,将头靠在她的胸前说:"你真爱我吗? ……真的吗?"……"怎么不真!"宗莹应着便轻轻在她手上吻了一吻。露沙冷冷地笑道:"果然名不虚传,情迷碰到一起就有这么些做作!"玲玉插嘴道:"咦!世界上你顶没有爱,一点都不爱人家。"露沙现出很悲凉的形状道:"自爱还来不及,说得爱人家吗?"玲玉有些恼了,两颊绯红说:"露沙顶忍心,我要哭了!我要哭了!"说着当真眼圈红了,露沙说:"得啦!得啦!和你闹着玩呵!……我纵无情,但对于你总是爱的,好不好?"玲玉虽是哈哈地笑,眼泪却随着笑声滚了下来。正好云青找到她们处来,玲玉不容她开口,拉着她就走,说:"走吧!去吧!露沙一点不爱人家,还是你好,你永远爱我!"云青只迟疑的说:"走吗?……真是的!"又回头对她们笑道:"这是怎么回事?……你们不走吗……"宗莹说:"你先走好了,我们等等就来。"玲玉走后。宗莹说:"玲玉真多情,……我那亲戚若果能娶她,真是福气!"露沙道:"真的!你那亲戚现在怎么样?你这话已对玲玉说过吗?"宗莹说:"我那亲戚不久就从美国回来了,玲玉方面我约略说过,大约很有希望吧!""哦!听说你那亲戚从前曾和另外一个女子订婚,有这事吗?"露沙又接着问,宗莹叹道:"可不是吗?现在正在离婚,那边执意不肯,将来麻烦的日子有呢!"露沙:"这恐怕还不成大问题,……只是玲玉和你的亲戚有否发生感情的可能,到是个大问题呢?……听说现在玲玉家里正在介绍一个姓胡的,到底也不知什么结果,"宗莹道:"慢慢地再说吧!现在已经下堂了。底下一课文学史,我们去听听吧!"她们就走向讲堂去。

她们四个人先后走到成人的世界去了。从前的无忧无愁的环境,一天一天消失。感情的花,已如荼如火的开着,灿烂温馨的色香,使她们迷恋,使她们尝到甜蜜的爱的滋味,同时使她们了解苦恼的意义。

这一年暑假,露沙回到上海去,玲玉回到苏州去。云青和宗莹仍留在北京,她们临别的末一天晚上,约齐了住在学校里,把两张木床合并起来,预备四个人联床谈心,在傍晚的时候,她们在残阳的余辉下,唱着离别的歌儿道:

> 潭水桃花,故人千里,
> 离歧默默情深悬,
> 两地思量共此心!
> 何时重与联襟?
> 愿化春波送君来去,
> 天涯海角相寻。

歌调苍凉,她们的声音越来越低,直至无声,露沙叹道:"十年读书,得来只是烦恼与悲愁,究竟知识误我?我误知识?"云青道:"真是无聊!记得我小的时候,看见别人读书,十分羡慕,心想我若能有了知识,不知怎样的快乐,若果知道越有知识,越与世界不相容,我就不当读书自苦了,"宗莹说:"谁说不是呢?就拿我个人的生活说吧!我幼年的时候,没有兄弟姊妹,父母十分溺爱,也不许进学校,只请了一位老学究,教我读《毛诗》《左传》,闲时学作几首诗。一天也不出门,什么是世界我也不知道,觉得除依赖父母过我无忧无虑的生活外,没有一点别的思想,那时在别人或者看我很可惜,甚至于觉得我很可怜,其实我自己到一点不觉得。后来我有一个亲戚,时常讲些学校的生活,及各种常识给我听,不知不觉中把我引到烦恼的路上去,从此觉得自己的生活,样样不对不舒服,千方百计和父母要求晋学校,晋了学校,人生观完全变了。不容于亲戚,不容于父母,一天一天觉得自己孤独,什么悲愁,什么无聊,逐件发明了。……岂不是知识误我吗?"她们三人的谈话,使玲玉受了极深的刺激,呆呆地站在秋千架旁,一语不发,云青无意中望见。因撇了露沙宗莹走过来,拊在她的肩上说:"你怎样了?……有什么不舒服吗?"玲玉仍是默默无言,摇摇头回过脸去,那眼泪便扑朔朔滚了下来,她们三人打断了话头,拉着她到栉沐室里,替她拭干了泪痕,谈些诙谐的话,才渐渐恢复了原状。

到了晚上,她们四人睡在床上,不住的讲这样说那样,弄到四点多钟才睡着了。第二天下午露沙和玲玉乘京浦的晚车离开北京,宗莹和云青送到车站,当火车头转动时,玲玉已忍不住呜咽起来,露沙生性古怪,她遇到伤心的时候,总是先笑,笑够了,事情过了,她又慢慢回想着独自垂泪,宗莹虽喜言情,但她却不好哭,云青对于什么事,好像都不足动心的样子,这时对着渐去渐远的露沙玲玉,只是怔怔呆望,直到火车出了正阳门,连影子都不见了,她才微微叹着气回去了。

在这分别的期中,云青有一天接到露沙的一封信说:

云青:

  人间譬如一个荷花缸;人类譬如缸里的小虫,无论怎样聪明,也逃不出人间的束缚,回想临别的那天晚上,我们所说的理想生活——海边修一座精致的房子,我和宗莹开了对海的窗户,写伟大的作品;你和玲玉到临海的村里,教那天真的孩子念书,晚上回来,便在海边的草地上吃饭,谈故事,多少快乐——但是我恐怕这话,永久是理想的呵!你知道宗莹已深陷于爱情的漩涡里,玲玉也有爱剑卿的趋势。虽然这都是她们俩的事,至于我们呢?蔚然对于你陷溺极深,我到上海后,见过他几次,觉得他比从前沉闷多了。每每仰天长叹,好像有无限隐忧似的。我屡次问他,虽不曾明说什么,但对于你的渴慕仍不时流露出来。云青!你究竟怎么对付他呢?你向来是理智胜于感情的,其实这也是她们不到的观察,对于蔚然的诚挚,能始终不为所动吗?况且你对于蔚然的人格曾表示相信,那末你所以拒绝他的,岂另有苦衷吗?……

按说我的为人,在学校里,同学都批评我极冷淡寡情,其实人间的虫子,要想作太上的忘情,只是矫情吧了!不过有的人喜欢用情——即世上所谓的多情——有的不喜欢用情,一旦若是用了,更要比多情的深挚得多呢!我相信你不是无情,只是深情,你说是不是?

你前封信曾问我梓青的事,在事实上我没有和他发生爱情的可能,但爱情是没有条件的。外来的桎梏,正未必能防范得住呢。以后的结果,实不可预料,只看上帝的意旨如何罢了。

露沙

云青接到这封信,受了极大的刺激,用了两天两夜的思维,仍不能决定,她只得打电话叫宗莹来商量,宗莹问她对于蔚然本身有无问题,云青答道:"我向来没有和男子们交接,我觉得男子可以相信的很少,至于蔚然的人格,我始终信仰,不过我向来理智强于感情,这事的结果,若是很顺当的,那末到也没什么,若果我父母以为不应当……或者亲戚们有闲话,那我宁可自苦一辈子,报答他的情义,叫我勉强屈就是作不到的。"

宗莹听完这话,沉想些时说:"我想你本身若是没有问题,那末就可以示意蔚然,叫他托人对你父母提出,岂不妥当吗?"云青懒懒道:"大约也只有这么办了,……唉!真无聊……"她们商量妥当,宗莹也就回去了。

傍晚的时候,兰馨来找云青,谈话之间,便提到露沙,兰馨说:"我前几天听见人说,露沙和梓青已发生恋爱了,但梓青已经结婚了,这事将来怎么办呢?"

云青怔怔地看着墙上的风景画出神,歇了半天说:"这或者是人们的谣传吧!……我看露沙不至于这么糊涂!"

"咦!你也不要说这话,……固然露沙是极明白,不至于上当,但梓青的婚姻是父母强迫的,本没有爱情可言,他纵对于露沙要求情爱,按真理说并不算大不道;不过社会上一般人,未免要说闲话罢了。……露沙最近有信吗?"

"有信,对于这事,她也曾说过,但她的主张,怕不至于就会随随便便和梓青结婚吧?她向来主张精神生活的,就是将来发生结婚的事情,也总得有相当的机会。"

"其实她近年来,在社会上已很有发展的机会,还是不结婚好,不然埋没了未免可惜……你写信还是劝她努力吧!"

她们正谈着,一阵电话铃响,原来是孤云找兰馨说话,因打断了她们的话头,兰馨接了电话。孤云要约她公园玩去,她于是辞了云青到公园去。

云青等她走后,便独自坐在廊子底下,默默沉思:"觉得人生真是有限,像露沙那种看得破的人,也不能自拔!宗莹更不用说了……便是自己也不免宛转因物!"云青正在遐想的时候,只见听差走进来说有客来找老爷,云青因急急回避了,到屋里看了几页书,倦上来就收拾睡下。

第二天早晨。云青才起来,她的父亲就叫她去说话,她走进父亲的书房,只见她父亲皱着眉道:"你认得赵蔚然吗?"云青听了这话,顿时心跳血涨,嗫嚅半天说:"听见过这人的名字,"她父亲点头道:"昨天伊秋先生来,还提起他,我觉得这个人太懦弱了,而且相貌也不魁武,"一壁说着,一壁看着云青,云青只是低头无言,后来她父亲又道:"我对于你的希望很大,你应当努力预备些英文,将来有机会,到外国走走才是。"说到这里,才慢慢站起来走了。

云青怔怔望着窗外柳丝出神,觉有无限怅惘的情绪,萦绕心田,因到书案前,申纸染毫写信给露沙道:

露沙:

前信甫发,接书一慰,因连日心绪无聊,未能即复,抱歉之至!来书以处世多磨,苦海无涯为言,知露沙感喟之深,子固生性豪爽者,读到"雄心壮志早随流水去。"之句,令人不忍为设地深思也。"不享物质之幸福,亦不愿受物质之支配。"诚然!但求精神之愉快,闭门读书,固亦云唯一之希望,然岂易言乎?

宗莹与师旭定婚有期矣,闻宗莹因此事,与家庭冲突,曾陪却不少眼泪。究竟何苦来?所谓"有情人都成眷属"亦不过霎时之幻影耳,百年容易,眼见白杨萧萧,荒冢累累,谁能逃此大限?此诚"天下本无事庸人自扰之也。"渠结婚佳期闻在中秋,未知确否,果确,则一时之兴尚望露沙能北来,共与其盛,未知如愿否?

玲玉事仍未能解决,而两方爱情则与日俱增,可怜!有限之精神,怎经如许消磨,玲玉为此事殊苦,不知冥冥之运命将何以处之也!嗟!嗟!造化弄人!

最后一段,欲不言而不得不言,此即蔚然之事,云自幼即受礼教之熏染,及长已成习惯,纵新文化之狂浪,汩没吾顶,亦难洗前此之遗毒,况父母对云又非恶意,云又安忍与抗乎?乃近闻外来传言,又多误会,以为家庭强制,实则云之自身愿为家庭牺牲,何能委责家庭,愿露沙有以正之!至于蔚然处,亦望露沙随时开导,云诚不愿陷人滋深,且愿终始以友谊相重,其他问题都非所愿闻,否则只得从此休矣!

思绪不宁,言失其序,不幸!不幸!不知无常之天道,伊于胡底也,此祝

健康!

云青

云青写完信后,就到姑妈家找表姊妹们谈话去了。

四

露沙由京回到上海以后,和玲玉虽隔得不远,仍是相见苦稀,每天除陪了母亲兄嫂姊妹谈话,就是独坐书斋,看书念诗,这一天十时左右,邮差送信来,一共有五六封,有一封是梓青的信,内中道:——

露沙吾友:

又一星期不接你的信了!我到家以来,只觉无聊,回想前些日子在京时。我到学校去找你,虽没有一次不是相对无言,但精神上已觉有无限的安慰,现在并此而不能,怅惘何极!

上次你的信说,有时想到将来离开了学校生活,而踏进恶浊的社会生活,不禁万事灰心,我现虽未出校,已无事不灰心了!平时有说有笑,只是把灰心的事搁起,什么读书,什么事业,只是于无可奈何中聊以自遣,何尝有真乐趣!——我心的苦,知者无人——然亦未始非不幸中之幸,免得他们更和我格格不入了。

我于无意中得交着你,又无意于短时间中交情深刻这步田地!这是我最满意的事,唉!露沙!这的是我们一线的生机!有无上的价值!

说到"人生不幸",我是以为然而不敢深思的,我们所想望的生活,并不是乌托邦,不可能的生活,都是人生应得的生活;若使我们能够得到应得的生活,虽不能使我们完全满意,聊且满意,于不幸的人生中,我们也就勉强自足了!露沙!我连这一层都不敢想到,更何敢提及根本的"人生不幸"!

你近来身体怎样,务望自重,有工夫多来信吧!此祝

快乐!

梓青书

露沙接到信后,只感到万种凄伤,把那信翻来覆去,看了无数遍,直到能背诵了,她还是不忍收起——这实在是她的常态,她生平喜思量,每逢接到朋友们的来信,总是这种情形——她闷闷不语,最后竟滴下泪来,本想即刻写回信,恰巧蔚然来找,露沙才勉强拭干眼泪,出来相见。

这时已是黄昏了,西方的艳阳余辉,正射在玻璃窗上,由玻璃窗反折过来,正照在蔚然的脸上,微红而黑的两颊边,似有泪痕,露沙很奇异的问道:"现在怎么样?"蔚然凄然说:"不知道为什么?这几天心绪恶劣,要想到西湖,或苏州跑一趟,又苦于走不开,人生真是干燥极了!"露沙只叹了一声,彼此缄默约有五分钟,蔚然才问露沙道:"云青有信吗?……我写了三封信去,她都没有回我,不知道怎样,你若写信时,替我问问吧!"露沙说:"云青前几天有信来,她曾叫我劝你另外打主意,她恐怕终久叫你失

望……她那个人作事十分慎重,很可佩服,不过太把自己牺牲了!……你对她到底怎样呢?"蔚然道:"我对于她当然是始终如一,不过这事也并不是勉强得来的,她若不肯,当然作罢,但请她不要以此介介,始终保持从前的友谊好了,"露沙说:"是呀!这话我也和她谈过,但是她说为避嫌疑起见,她只得暂时和你疏远,便是书信也拟暂时隔绝,等到你婚事已定后,再和你继续前此友谊……我想云青的心也算苦了。她对于你绝非无情,不过她为了父母的意见,宁可牺牲她的一生幸福……说到这里,我又想起今年春假云青、玲玉、宗莹、莲裳,我们五个人,在天津住着,有一天夜里,正是月色花影,互相厮并,红浪碧波,掩映斗媚,那时候我们坐在日本的神坛的草地上,密谈衷心,也曾提起这话,云青曾说对于你无论如何,终觉抱歉,因为她固执的缘故,不知使你精神上受多少创痕,……但是她也绝非木石,所以如此的原因,不愿受人訾议罢了。后来玲玉就说:这也没有什么訾议,现在比不得从前,婚姻自由本是正理,有什么忌讳呢?云青当时似乎很受了感动,就道:"好吧!我现在也不多管了。叫他去进行,能成也罢,不成也罢!我只能顺事之自然,至于最后的奋斗,我没有如此大魄力——而且闹起来,与家庭及个人都觉得说来不好听……当日我们的谈话虽仅此而止,但她的态度可算得很明了。我想你如果有决心非她不可,你便可稍缓以待时机。"蔚然点头道:"暂且不提好了。"

　　蔚然走后,玲玉恰好从苏州来,邀露沙明天陪她到吴淞去接剑卿去,露沙就留她住在家里,晚饭后闲谈些时,便睡下了,第二天早晨才五点多钟玲玉就从睡中惊醒,悄悄下了床,梳好了头。

这时露沙也起来了,她们都收拾好了,已经到六点半,因乘车到火车站,距开车才有十分钟,忙忙买了车票,幸喜车上还有坐位,玲玉脸向车窗坐着,早晨艳阳射在她那淡紫色的衣裙上,娇美无比,衬着她那似笑非笑的双靥,好像浓绿丛中的紫罗兰,露沙对她怔怔望着。好像在那里猜谜是的。玲玉回头问道:"你想什么?你这种神情,衬着一身雪般的罗衣,直像那宝塔上的女石像呢!"露沙笑道:"算了吧!知道你今天兴头十足,何必打趣我呢?"玲玉被露沙说得不好意思了。仍回过头去,佯为不理。

半点钟过去了,火车已停在吴淞车站。她们下了车,到泊船码头打听,那只美国来的船,还有两三个钟头才进口。她们便在海边的长堤上坐下,那堤上长满了碧绿的青草。海涛怒啸,绿浪澎湃,但四面寂寥。除了草底的鸣蛩,抑抑悲歌外,再没有其他的音响和怒浪骇涛相应和了。

两点多钟以后,她们又回到码头上。只见许多接客的人,已挤满了,再往海面一看,远远的一只海船,开着慢车冉冉而来,玲玉叫道"船到了!船到了!"她们往前挤了半天,才站了一个地位,又等半天,那船才拢了岸。鼓掌的欢声,和呼唤的笑声,立刻充溢空际。玲玉只怔怔向船上望着,望来望去终不见剑卿的影子,十分彷徨。只等到许多人都下了船,才见剑卿提着小皮包,急急下船来,玲玉走向前去,轻轻叫道"陈先生!"剑卿忙放下提包,握着玲玉的手道:"哦!玲玉!我真快活极了!你几时来的?那一位是你的朋友吗?……"玲玉说"是的!让我给你介绍介绍。"因回过头对我道:"这位是陈剑卿先生。"又向陈先生道:"这位是露沙女士。"彼此相见过,便到火车站上等车。玲玉问道:"陈先生的行李都安置了吗?"剑卿道:"已都托付一个朋友了,我们便可一直到上海畅谈竟日呢!"玲玉默默无言,低头含笑,把一块绢帕叠来叠去。露沙只听剑卿缕述欧美的风俗人情。不久到了上海,露沙托故走了,玲玉和剑卿到半淞园去,到了晚上,玲玉仍回到露沙家里,住了一夜,第二天早上就回苏州。

过了几天,玲玉寄来一封信,邀露沙北上,这时候已经是八月的天气,风凉露冷,黄花遍地,她们乘八月初三早车北上。在路上玲玉告诉露沙,这次剑卿向她求婚,已经不能再坚执了。现在已双方求家庭的通过,露沙因问她剑卿离婚的手续已办没有?玲玉说:"据剑卿说,已不成问题,因为那个女子已经有信应允他。不过她的家人故意为难,但婚姻本是两方同意的结合,岂容第三者出来勉强,并且那个女子已经到英国留学去了。……不过我总觉得有些对不住那个女子罢了!"露沙沉吟道:"你到没什么对不住她。不过剑卿据什么条件一定要和这女子离婚呢?"玲玉道:"因为他们定婚的时候,并不是直接的,其间曾经第三者的介绍,而那个介绍人又不忠实,后来被剑卿知道了,当时气得要死,立刻写信回家,要求家里替他离婚,而他的家庭很顽固,去信责备了他一顿,他想来想去没有办法,只有自己出马,当时写了一封信给那个女子,陈说利害。那个女子到也明白,很爽快就答应了他,并且写了一封信给她的家人,意思是说,婚姻大事,本应由两个男女,自己作主,父母所不能强逼,现在剑卿既觉得和她不对,当然由他离异等语,不过她的家人,十分不快,一定不肯把订婚的凭证退还,所以以前此剑卿向我求婚,我都不肯答应。……但是这次他再三的哀求,我真无法了,只得答应了他。好在我们都有事业的安慰,对于这些事都可随便。"露沙点头道:"人世的祸福正不可定,能游嬉人间也未尝不是上策呢?"

玲玉同露沙到北京之后,就在中学里担任些钟点,这时她们已经都毕业了。云青、宗莹、露沙、玲玉都在北京,只有莲裳到天津女学校教书去了。莲裳在天津认识了一个姓张的青年,不久她们便发生了恋爱,在今年十月十号结婚,她们因约齐一同到天津去参与盛典。

莲裳随遇而安的天性,所以无论处什么环境,她都觉得很快活,结婚这一天,她穿着天边彩霞织就的裙衫,披着秋天白云网成的软绡,手里捧着满蓄着爱情的玫瑰花,低眉凝容,站在礼堂的中间。男女来宾有的啧啧赞好,有的批评她的衣饰,只有玲玉、宗莹、云青、露沙四个人,站在莲裳的身旁,默默无言。仿佛莲裳是胜利者的所有品,现在已被胜利者从她们手里夺去一般,从此以后,往事便都不堪回忆!海滨的联袂倩影,现在已少了一个。月夜的花魂不能再听见她们五个人一齐的歌声。她们越思量越伤心,露沙更觉不能支持,不到礼完她便悄悄地走了。回到旅馆里伤感了半天,直至玲玉她们回来了,她兀自泪痕不干,到第二天清早便都回到北京了。

从天津回来以后,露沙的态度,再见消沉了。终日闷闷不语,玲玉和云青常常劝她到公园散心去,露沙只是摇头拒绝。人们每提到宗莹,她便泪盈眼帘,凄楚万状!有一天晚上,月色如水,幽景绝胜,云青打电话邀她家里谈话,她勉强打起精神,坐了车子,不到一刻钟就到了。这时云青正在她家土山上一块云母石上坐着,露沙因也上了山,并肩坐在那块长方石上,云青说:

"今夜月色真好,本打算约玲玉宗莹我们四个人,清谈竟夜,可恨剑卿和师旭把她们俩伴住了不能来——想想朋友真没交头,起初情感浓挚,真是相依为命,到了结果,一个一个都风流云散了,回想往事,只恨多余!怪不得我妹妹常笑我傻。我真是太相信人了!"露沙说:"世界上的事情,本来不过尔尔,相信人,结果固然不免孤另之苦,就是不相信人,何尝不是依然感到世界的孤寂呢?总而言之,求安慰于善变化的人类,终是不可靠的,我们还是早些觉悟,求慰于自己吧!"露沙说完不禁心酸,对月怔望,云青也觉得十分凄楚,歇了半天,才叹道:"从前玲玉老对我说:同性的爱和异性的爱是没有分别的,那时我曾驳她这话不对,她还气得哭了,现在怎么样呢?"露沙说:"何止玲玉如此?便是宗莹最近还有信对我说:'十年以后同退隐于西子湖畔'呢!那一句是可能的话,若果都相信她们的话,我们的后路只有失望而自杀罢了!"

她们直谈到夜深更静,仍不想睡。后来云青的母亲出来招呼她们去睡,她们才勉强进去睡了。

露沙从失望的经验里,得到更孤僻的念头,便是对于最信仰的梓青,也觉淡漠多了。这一天正是星期六,七点多钟的时候,梓青打电话来邀她看电影,她竟拒绝不去,梓青觉得她的态度变得很奇怪。当时没说什么,第二天来了一封信道:

露沙!
我在世界上永远是孤零的呵!人类真正太惨刻了!任我流涸了泪泉;任我粉碎了心肝,也没有一个人肯为我叫一声可怜！更没有人为我洒一滴半滴的同情之泪！便是我向日视为一线的光明，眼见得也是暗淡无光了！唉！露沙！若果你肯明明白白告诉我说："前头没有路了！"那末我决不再向前多走一步，任这一钱不值的躯壳，随万丈飞瀑而去也好；并颓岩而同堕于千仞之深渊也好；到那时我一切顾不得了。就是残苛的人类，打着得胜鼓宣布凯旋，我也只得任他了……唉！心乱不能更续，顺祝

　　康健！

　　　　　　　　　　　　　　　　　梓青

露沙看完这封信，心里就像万弩齐发，痛不可忍，伏在枕上呜咽悲哭，一面自恨自己太怯弱了！人世的谜始终打不破，一面又觉得对不住梓青，使他伤感到这步田地，知情交战，苦苦不休，但她天性本富于感情，至于平日故为旷达的主张，只不过一种无可如何的呻吟。到了这种关头，自然仍要为情所胜了，况她生平主张精神的生活，她有一次给莲裳一封信，里头有一段说：

"许多聪明人，都劝我说：'以你的地位和能力，在社会上很有发展的机会，为什么作茧自束呢？'这话出于好意者的口里，我当然是感激他，但是一方我却不能不怪他，太不谅人了！……若果人类生活在世界上，只有吃饭穿衣服两件事，那末我早就葬身狂浪怒涛里了，岂有今日？……我觉得宛转因物，为世所称，倒不如行我所适，永垂骂名呢？干枯的世界，除了精神上，不可制止情的慰安外，还有别的可滋生趣吗？……"

露沙的志趣,既然是如此,那末对于梓青十二分恳挚的态度,能不动心吗?当时拭干了泪痕,忙写了一封信,安慰梓青道:——

梓青!

你的来信,使我不忍卒读!我自己已是世界上最不幸的人了!何忍再拉你同入漩涡?所以我几次三番,想使你觉悟,舍了这九死一生的前途;另找生路,谁知你竟误会我的意思,说出那些痛心话来!唉!我真无以对你呵!

我也知道世界最可宝贵,就是能彼此谅解的知己,我在世上混了二十余年,不遇见你,固然是遗憾千古,既遇见你,也未尝不是凤孽呢?……其实我生平是讲精神生活的,形迹的关系有无,都不成问题,不过世人太苛毒了!对于我们这种的行径,排斥不遗余力,以为这便是大逆不道,含沙射影,使人难堪,而我们又都是好强的人,谁能忍此?因而我的态度常常若离若即,并非对你信不过,谁知竟使你增无限苦楚。唉!我除向你诚恳的求恕外,还有什么话可说!愿你自己保重吧!何苦自戕过甚呢?祝你

精神愉快!

露沙

梓青接到信后,又到学校去会露沙,见面时,露沙忽触起前

情,不禁心酸,泪水几滴了下来,但怕梓青看见,故意转过脸去,忍了半天,才慢慢抬起头来,梓青见了这种神情,也觉十分凄楚,因此相对默默,一刻钟里一句话也没有。后来还是露沙问道:"你才从家里来吗?这几天蔚然有信没有?"梓青答道:"我今天一早就出门找人去了,此刻从于农那里来,蔚然有信给于农,我这里有两三个礼拜没接到他的信了。"露沙又问道:"蔚然的信说些什么?"梓青道:"听于农说,蔚然前两个星期,接到云青的信,拒绝他的要求后。苦闷到极点了,每天只是拼命的喝酒。醉后必痛哭,事情更是不能做,而他的家里,因为只有他一个独子,很希望早些结婚,因催促他向他方面进行,究竟怎么样还说不定呢!不过他精神的创伤也就够了。……云青那方面,你不能再想法疏通吗?"

"这事真有些难办,云青又何尝不苦痛?但她宁愿眼泪向里流,也绝不肯和父母说一句硬话。至于她的父母又不会十分了解她,以为她既不提起,自然并不是非蔚然不嫁。那末拿一般的眼光,来衡量蔚然这种没有权术的人,自难入他们的眼,又怎么知道云青对他的人格十分信仰呢?我见这事,蔚然能放下,仍是放下吧!人寿几何?容得多少磨折?"

梓青听见露沙的一席话。点头道:"其实云青也太懦弱了!她若肯稍微奋斗一点,这事自可成功……若果她是坚持不肯,我想还是劝蔚然另外想法子吧!不然怎么了呢?"说到这里,便停顿住了。后来梓青又向露沙说:"……你的信我还没复你,……都是我对不住你,请你不要再想吧!"说到这里眼圈又红了。露沙说:"不必再提了,总之不是冤家不对头!……你明天若有工夫,打电话给我,我们或者出去玩,免得闷着难受。"梓青道:"好!我明天打电话给你,现在不早了,我就走吧。"说着站起来走了。露沙送他到门口,又回学校看书去了。

宗莹本来打算在中秋节结婚,因为预备来不及,现在改在年底了。而师旭仿佛是急不可待,每日下午都在宗莹家里直谈到晚上十点,才肯回去,有时和宗莹携手于公园的苍松荫下,有时联舞于北京饭店跳舞场里,早把露沙和云青诸人丢在脑后了。有时遇到,宗莹必缕缕述说某某夫人请宴会,某某先生请看电影,简直忙极了,把昔日所谈的求学著书的话,一概收起。露沙见了她这种情形,更觉格格不入,有时觉得实在忍不住了。因苦笑对宗莹说:"我希望你在快乐的时候,不要忘了你的前途吧!"宗莹听了这话,似乎很能感动她。但她确不肯认她自己的行动是改了前态,她必定说:"我每天下午还要念两点钟英文呢!"露沙不愿多说,不过对于宗莹的情感,一天淡似一天,从前一刻不离的态度,现在竟弄到两三个星期不见面,纵见了面也是相对默默,甚至于更引起露沙的伤感。

宗莹结婚的上一天晚上,露沙在她家里住下,宗莹自己绣了一对枕头,还差一点不曾完工,露沙本不喜欢作这种琐碎的事,但因为宗莹的原故,努力替她绣了两个玫瑰花瓣。这一夜她们家里的人忙极了,并且还来了许多亲戚,来看她试妆的。露沙嫌烦,一个人坐在她父亲的书房,替她作枕头。后来她父亲走了进来,和她谈话之间,曾叹道:"宗莹真没福气呵!我替她找一个很好的丈夫她不要,唉!若果你们学校的人,有和那个姓祝的结婚,真是幸福!不但学问好,而且手腕极灵敏,将来一定可以大阔的。……他待宗莹也不算薄了,谁知宗莹竟看不上他!"露沙不好回答什么,只是含笑唯诺而已。等了些时她父亲出去了,宗莹打发老妈子来请露沙吃饭,露沙放下针线,随老妈子到了堂屋,许多艳装丽服的女客,早都坐在那里,露沙对大家微微点头招呼了,便和宗莹坐一处。这时宗莹收拾得额覆鬐发,凸凹如水上波纹,耳垂明珰,灿烂与灯光争耀,身上穿着玫瑰紫的缎袍,手上戴着订婚的钻石戒指,锐光四射。露沙对她不住的端相,觉得宗莹变了一个人。从前在学校时,仿佛是水上沙鸥。活泼清爽。今天却像笼里鹦鹉。毫无生气,板板地坐在那里,任人凝视,任人取笑,她只低眉默默,陪着那些钗光鬓影的女客们吃完饭。她母亲来替她把结婚时要穿的礼服,一齐换上。祖宗神位前面点起香烛,铺上一块大红毡子。叫人扶着宗莹向上叩了三个头。后来她的姑母们,又把她父母请出来,宗莹也照样叩了三个头。其余别的亲戚们也都依次拜过。又把她扶到屋里坐着。露沙看了这种情形,好像宗莹明天就是另外一个人了,从前的宗莹已经告一结束,又见她的父母都凄凄悲伤。更禁不住心酸,但人前不好落泪,仍旧独自跑到书房去,痛痛快快流了半天眼泪,后来客人都散了,宗莹来找她去睡觉。她走进屋子,一言不发,忙忙脱了外头衣服,上床脸向里睡下。宗莹此时也觉得有些凄惶,也是一言不发的睡下,其实各有各的心事,这一夜何曾睡得着。第二天天才朦胧,露沙回过脸来,看见宗莹已醒,她似醉非醉;似哭非哭的道:"宗莹!从此大事定了!"说着涕泪交流,宗莹也觉得从此大事定了的一句话,十分伤心,不免伏枕呜咽。后来还是露沙怕宗莹的母亲忌讳,忙忙劝住宗莹。到七点钟大家全都起来了,忙忙地收拾这个,寻找那个,乱个不休,到十二点钟,迎亲的军乐已经来了,那种悲壮的声调,更觉得人肝肠裂碎,露沙等宗莹都装饰好了。握着她的手说:"宗莹!愿你前途如意!我现在回去了,礼堂上没什么意思,我打算不去,等过两天我再来看你吧!"宗莹只低低应了一声,眼圈已经红润了,露沙不敢回头,一直走了。

露沙回到家里,恹恹似病,饮食不进,闷闷睡了两天,有一天早起家里忽来一纸电报,说她母亲病重,叫她即刻回去。露沙拿着电报,又急又怕,全身的血脉,差不多都凝住了,只觉寒战难禁。打算立刻就走,但火车已开过了,只得等第二天的早车,但这一下半天的光阴,真比一年还难挨。盼来盼去,太阳总不离树梢头,再一想这两天一夜的旅程,不独凄寂难当,更怕赶不上与慈母一面,疑怕到这里,心头阵阵酸楚,早知如此,今年就不当北来?

好容易到了黄昏。宗莹和云青都闻信来安慰她,不过人到真正忧伤的时候,安慰决不生效,并且相形之下,更触起自己的伤心来。

夜深了,她们都回去,露沙独自睡在床上,思前想后,记得她这次离家时,母亲十分不愿意,临走的那天早起,还亲自替她收拾东西,叮嘱她早些回来,——如果有意外之变,将怎样?她越思量越凄楚!整整哭了一夜,第二天早起,匆匆上了火车,莲裳这时也在北京,她到车站送她,莲裳惝然的神情,使露沙陡怀起,距此两年前,那天正是夜月如水的时候,她到莲裳家里,问候她母亲的病,谁知那时她母亲正断了气,莲裳投在她怀里,哀哀地哭道:"我从今以后没有母亲了!"呵! 那时的凄苦,已足使她泪落声咽。今若不幸,也遭此境遇,将怎么办? 觉得自己的身世真是可怜,七岁时死了父亲,全靠阿母保育教养。有缺憾的生命树,才能长成到如今,现在不幸的消息,又临到头上。……若果再没有母亲,伶仃的身世,还有什么勇气和生命的阻碍争斗呢? 她越想越可怕,禁不住握着莲裳的手,呜咽痛哭。莲裳见景伤情,也不免怀母陪泪,但她还极诚挚的安慰她说:"你不要伤心,伯母的病或者等你到家已经好了,也说不定……并且这一路上,你独自一个,更须自己保重,倘若急出病来,岂不更使伯母悬心吗?"露沙这时却不过莲裳的情,遂极力忍住悲声。

后来云青和永诚表妹都来了。露沙见了她们,更由不得伤心,想每回南旋的时候,虽说和她们总不免有惜别的意思,但因抱着极大的希望——依依于阿母肘下,同兄嫂妹妹等围绕于阿母膝前如何的快活? 自然便把离愁淡忘了,旅程也不觉凄苦了。但这一次回去,她总觉得前途极可怕,恨不得立时飞到阿母面前。而那可恨的火车,偏偏迟迟不开,等了好久,才听铃响,送客的人纷纷下车,宗莹莲裳她们也都和她握手言别,她更觉自己伶仃得可怜,不免又流下泪来。

在车上只是昏昏恹恹,好容易盼到天黑,又盼天亮,念到阿母病重,就如堕身深渊,混身起栗,泪落不止。

不久车子到了江边,她独自下了车,只觉混身疲软,飘飘忽忽上了渡船,在江里时,江风尖利,她的神志略觉清爽,但望着那奔腾的江浪,只觉到自己前途的孤零和惊怕,唉! 上帝! 若果这时明白指示她母亲已经不在人间了,她一定要借着这海浪缀成的天梯,去寻她母亲去……

过了江,上了沪宁车,再有六七个钟头到家了,心里似乎有些希望,但是惊惧的程度,更加甚了,她想她到家时,或者阿母已经不能说话了,她心里要怎样的难受?……但她又想上帝或不至如此绝人——病是很平常的事,何至于一病不起呢?

那天的车偏偏又误点了,到上海已经十二点半钟,她急急坐上车奔回家去,离家门不远了,而急迫和忧疑的程度,也逐层加增,只有极力嘘气,使她的呼吸不至壅塞。车子将转湾了,家门可以遥遥望见,母亲所住的屋子,楼窗紧闭,灯火全熄,再一看那两扇黑门上,糊着雪白的丧纸,她这时一惊,只见眼前一黑,便昏晕在车上了,过了五分钟才清醒过来,等不得开门,她已失声痛哭了,等到哥哥出来开门时,麻衣如雪,涕泪交下,她无力的扑在灵前,哀哀唤母,但是桐棺三寸,已隔人天,露沙在灵前哭了一夜,第二天更不支,竟寒热交作卧病一星期,才渐渐好了。

露沙在母亲的灵前守了一个月,每天对着阿母的遗照痛哭,朋友们来函劝慰,更提起她的伤心。她想她自己现在更没牵挂了,把从前朋友们写的信,都从书箱里拿出来,一封封看过,然后点起一把火烧了。觉得眼前空明,心底干净。并且决心任造物的播弄,对于身体毫不保重,生死的关头,已经打破。有一天夜里她梦见她的母亲来了,仿佛记起她母亲已死,痛哭起来,自己从梦中惊醒,掀开帐子一看,星月依稀,四境凄寂,悄悄下了床,把电灯燃着,对着母亲的照像又痛哭了一场。然后含泪写了一封信给梓青道:——

梓青!

可怜无父之儿复抱丧母之恨,苍天何极,绝人至此——清夜挑灯,血泪沾襟矣!

人生朝露,而忧患偏多,自念身世,怆怀无限,阿母死后,益少生趣。沙非敢与造物者抗,特雨后梨花,不禁摧残,后此作何结局,殊不可知耳!

目下丧事已楚,友辈频速北上,沙亦不愿久居此地,盖触景伤情,悲愁益不胜也! 梓青来函,责以大义,高谊可感。唯沙经此折磨,灰冷之心,有无复燃之望,实不敢必。此后惟飘泊天涯,消沉以终身,谁复有心与利禄征逐,随世俗浮沉哉,望梓青勿复念我。好自努力可也。

沙已决明旦行矣。申江云树,不堪回首,嗟乎? 冥冥天道,安可论哉? ……露沙

露沙写完信后,天已发亮。因把行李略略检楚,她的哥哥妹妹都到车站送她。临行凄凉,较昔更甚,大家洒泪而别。露沙到京时,云青曾到车站接她,并且告诉她,宗莹结婚后不到一个月,便患重病,现在住在医院里,露沙觉得人生真太无聊了! 黄金时代已过,现在好像秋后草木,只有飘零罢了!

玲玉这时在上海,来信说半年以内就要结婚,露沙接信后,不像前此对于宗莹莲裳那种动心了,只是淡淡写了一封贺她成功的信。这时露沙昔日的朋友,一个个都星散了。北京只剩了一个云青和久病的宗莹,至于孤云和兰馨,虽也在北京,但露沙

轻易不和她见面,所以她最近的生活,除了每天到学校里上课外,回来只有昏睡。她这时住在舅舅家里,表妹们看见她这样,都觉得很可忧的。想尽种种方法,来安慰她,不但不能止她的愁,而且每一提起,她更要痛哭。她的表妹知道她和梓青极好,恐怕能安慰她的只是他了,因给梓青写了一封信道:

梓青先生:

我很冒昧给你写信,你一定很奇怪吧?你知道我表姊近来的状况怎样吗?她自从我姑母死后,更比从前沉默了!每天的枕头上的泪痕,总是不干的,我们再三的劝慰,终无益于事,而她的身体本来不好,那经得起此种的殷忧呢?你是她很好的朋友,能不能想个法子安慰她?我盼望你早些北来,或者可稍杀她的悲怀!

我们一家人,都为她担忧,因为她向来对于人世,多抱悲观,今更经此大故,难保没有意外的事情发生。……要说起她,也实在可怜,她自幼所遇见的事,已经很使她感觉世界的冷苛,现在母亲又弃她而去,一个人四海飘泊,再有勇气的人,也不禁要志馁心灰呵!你有方法转移她的人生观吗?盼望得很,再谈吧!此祝

康乐!

露沙的表妹上

露沙这一天早起,觉得头脑十分沉闷,因走到院子里站了半晌,才要到屋里去梳头,听差的忽进来告诉她说,有一个姓朱的

来访，她想了半天，不知道是谁，走到客厅，看见一个女子，面上微麻，但神情眼熟得很，好像见过似的，凝视了半天，才骇然问道："你是心悟吗？我们三年多不见了！……你从那里来？前些日子竹荪有信来，说你去年出天花，很危险，现在都康全了？"心悟惛然道："人事真不可料，我想不到活到二十几岁，还免不了出这场天灾，我早想写信给你，但我自病后心情灰冷，每逢提笔写信，就要触动我的伤感。人们都以我病好了，来称贺我！其实能在那时死了，比这样活着强得多呢？"露沙说："灾病是人生难免的，好了自然值得称贺，你为什么说出这种短气的话来？"心悟被露沙这么一问，仿佛受了极大的刺激般，低头哽咽，歇了半天，她才说："我这病已经断送了我梦想的前途，还有什么生趣？"露沙不明白她的意思，只为不过她一时的感触，不愿多说，因用别的话叉开，谈了些江浙的风俗，心悟也就走了。

过了几天，兰馨来谈，忽问露沙："你知道你那朋友朱心悟已经解除婚约了吗？"露沙惊道："这是怎么一回事，怪道那天她那样情形呢！"兰馨因问什么情形，露沙把当日的谈话告诉她。兰馨叹道："作人真是苦多乐少，像心悟那样好的人，竟落到这步田地？真算可怜！心悟前年和一个青年叫王文义的订婚，两个人感情极好，已经结婚有期，不幸心悟忽然出起天花来，病势十分沉重，直病了四个多月才好。好了之后脸上便落了许多麻点，其实这也算不得什么，偏偏心悟古怪心肠，她说：'男子娶妻，没一个不讲究容貌的，王文义当日再三向她求婚，也不过因爱她的貌，现在貌既残缺，还有什么可说，王文义纵不好意思，提出退婚的话，而他的家人已经有闲话了。与其结婚后使王文义不满意，到不如先自己退婚呢!'心悟这种的主张发表后,她的哥哥曾劝止她,无奈她执意不肯,无法只得照她的话办了。王文义起初也不肯答应,后来经不起家人的劝告,也就答应了。离婚之后心悟虽然达到目的,但从此她便存心逃世,现在她哥哥姊妹们都极力劝她。将来怎么样,还说不定呢?"兰馨说完了,露沙道:"怎么年来竟是这些使人伤心的消息呵!心悟从前和我在中学同校时,是个极活泼勇进的人,现在只落得这种结果,唉!前途茫茫,怎能不使人望而生畏!"不久兰馨走了。露沙正要去看心悟,邮差忽送来一封信,是梓青寄的。她拆开看道:

露沙!露沙!

你真忍决心自戕吗?固然世界上的人都是残忍的,但是你要想到被造物所播弄的,不止你一个人呵,你纵不爱惜自己,也当为那同病的人,稍留余地!你若绝决而去,那同病者岂不更感孤零吗?

露沙!我唯有自恨自伤,没有能力使你减少悲怀,但是你曾应许我作你唯一的知己,那末你到极悲痛的时候,也应为我设想,若果你竟自绝其生路,我的良心当受何种酷责?唉!露沙!在形式上,我固没有资格来把你孤寂的生活,变热闹了。而在精神上,我极诚恳的求你容纳我,把我火热的心魂,伴着你萧条空漠的心田,使她开出灿烂生趣的花,我纵因此而受任何苦楚,都不觉悔的。露沙!你应允我吧!

我到京已两日,但事忙不能立时来会你,明天下午我一定到你家里来,请你不要出去。别的面谈,祝你快活!

梓青

露沙看过信后,不免又伤感了一番,但觉得梓青待她十分诚恳,心里安慰许多,第二天梓青来看她,又劝她好些话,并拉她到公园散步,露沙十分感激他,因对梓青道:"我此后的几月,只是为你而生!"梓青极受感动,一方面觉得露沙引自己为知己,是极荣幸的,但一方面想到那不如意的婚姻,又万感丛集,明知若无这层阻碍,向露沙求婚,一定可操左券,现在竟不能。有一次他曾向露沙微露要和他妻子离婚的意思,露沙凄然劝道:"身为女子,已经不幸!若再被人离弃,还有生路吗?况且因为我的缘故,我更何心?所谓我虽不杀伯仁,伯仁由我而死,不但我自己的良心无以自容,就是你也有些过不去,……不过我们相知相谅,到这步田地;申言绝交,自然是矫情。好在我生平主张精神生活,我们虽无形式的结合,而两心相印,已可得到不少安慰。况且我是劫后余灰,绝无心情,因结婚而委身他人,若果天不绝我们,我们能因相爱之故,在人类海里,翻起一堆巨浪,也就足以自豪了!"梓青听了这话,虽极相信露沙是出于真诚,但总觉得是美中不足,仍不免时时怅惘。

过了几个月,蔚然从上海寄来一张红帖,说他已与某女士订婚了,这帖子一共是两张,一张是请她转寄给云青的,云青接到帖子以后,曾作了一首诗贺蔚然道:——

燕语莺歌，
不是赞美春光娇好，
是贺你们好事成功了！
祝你们前途如花之灿烂！
谢你们释了我的重担！

云青自得到蔚然订婚消息后，转比从前觉得安适了，每天努力读书，闲的时候，就陪着母亲谈话，或教弟妹识字，一切的交游都谢绝了，便是露沙也不常见，有时到医院看看宗莹的病，宗莹病后，不但身体孱弱，精神更加萎靡，她曾对露沙说："我病若好了，一定极力行乐，人寿几何？并且像我这场大病，不死也是侥幸？还有什么心和世奋斗呢！"露沙见她这种消沉，只有凄楚，也没什么话可说。

过了半年宗莹病虽好了，但已生了一个小孩子，更不能出来服务了。这时云青全家要回南，云青在北京读书，本可不回去，但因她的弟妹都在外国求学，母亲在家无人侍奉，所以她决计回去。当临走的前一天，露沙约她在公园话别，她们到公园时才七点钟，露沙拣了海棠荫下的一个茶座，邀云青坐下。这时园里游人稀少，晨气清新，一个小女娃，披着满肩柔发，穿一件洋式水红色的衣服，露出两个雪白的膝盖，沿着荷池，跑来跑去，后来蹲在草地上，采了一大堆狗尾巴草，随身坐在碧绿的草上，低头凝神编玩意，露沙对着她怔怔出神，云青也仰头向天上之行云望着，如此静默了好久，云青才说："今天兰馨原也说来的，怎么还不见到？"露沙说："时候还早，再等些时大概就来了。……我们先谈我们的吧!"云青道:"我这次回去以后,不知我们什么时候再见呢?"露沙说:"我总希望你暑假后再来!不然你一个人回到孤僻的家乡,固然可以远世虑,但生气未免太消沉了!"云青凄然道:"反正作人是消磨岁月,北京的政局如此,学校的生活也是不安定,而且世途多难,我们又不惯与人征逐,到不如回到乡下,还可以享一点清闲之福。闭门读书也未尝不是人生乐事!"她说到这里,忽然顿住,想了一想又问露沙道:"你此后的计划怎样?"露沙道:"我想这一年以内,大约还是不离北京,一方面仍理我教员的生涯,一方面还想念点书,一年以后若有机会,打算到瑞士走走;总而言之,我现在是赤条条无牵挂了。作得好呢,无妨继续下去,不好呢,到无路可走的时候,碧玉宫中,就是我的归局了。"云青听了这话,露出很悲凉的神气叹道:"真想不到人事变幻到如此地步,两年前我们都是活泼极的小孩子,现在嫁的嫁,走的走,再想一同在海边上游乐,真是作梦,现在莲裳、玲玉、宗莹都已有结果,我们前途茫茫,还不知如何呢? ……我大约总是为家庭牺牲了。"露沙插言道:"还不至如是吧! 你纵有这心,你家人也未必容你如此;"云青道:"那倒不成问题,只要我不点头,他们也不能把我怎样。"露沙道:"人生行乐罢了,也何必过于自苦!"云青道:"我并不是自苦……不过我既已经过一番磨折,对于情爱的路途,已觉可怕,还有什么兴趣再另外作起? ……昨天我到叔叔家里,他曾劝我研究佛经,我觉得很好,将来回家乡后,一切交游都把它谢绝,只一心一意读书自娱,至于外面的事,一概不愿闻问。若果你们到南方的时候,有兴来找我,我们便可在堤边垂钓,月下吹箫,享受清雅的乐趣,若有兴致,作些诗歌,不求人知,只图自娱。至于对社会的贡献,也只看机会许我否,一时尚且不能决定。"

她们正谈到这里,兰馨来了,大家又重新入座,兰馨说:"我今天早起有些头昏,所以来迟!你们谈些什么?"云青说:"反正不过说些牢骚悲抑的话。"兰馨道:"本来世界上就没有不牢骚的人,何怪人们爱说牢骚话!……但是我比你们更牢骚呢!你知道吗?我昨天又和孤云生了一大场气。孤云的脾气真可算古怪透了。幸亏是我的性子,能处处俯就她,才能维持这三年半的交谊,若是遇见露沙,恐怕早就和她绝交了!"云青道:"你们昨天到底为什么事生气呢?"兰馨叹道:"提起来又可笑又可气,昨天我有一个亲戚,从南边来,我请他到馆子吃饭,我就打电话邀孤云来,因为我这亲戚,和孤云家里也有来往,并且孤云上次回南时也曾会过他,所以我就邀她来,谁知她在电话里冷冷地道:'我一个人不高兴跑那么远去。'其实她家住在东城,到西城来也并不远,不过半点钟就到了!——我就说:'那末我来找你一同去吧!'她也就答应了,后来我巴巴从西城跑到东城,陪她一齐来,我待她也就没什么对不住她了。谁知我到了她家,她仍是作出十分不耐烦的样子说:'这怪热的天我真懒出去。'我说:'今天还不大热,好在路并不十分远,一刻就到了。'她听了这话才和我一同走了。到了饭馆,她只低头看她的小说,问她吃什么菜?她皱着眉头道:'随便你们挑吧,'那末我就挑了,吃完饭后,我们约好一齐到公园去。到了公园我们正在谈笑,她忽然板起脸来说:'我不耐烦在这里老坐着,我要回去,你们在这里畅谈吧!'说完就立刻嚷着'洋车!洋车!'我那亲戚看见她这副神气,很不好过,就说:'时候也不早了,我们一齐回去吧。'孤云说:'不必!你们谈得这么高兴,何必也回去呢?'我当时心里十分难过,觉得很对不住我那亲戚,使人家如此的难堪!……一面又觉得我真不值!我自和她交往以来,不知赔却多少小心!在我不过觉得朋友要好,就当全始全终……并且我的脾气,和人好了,就不愿和人坏,她一点不肯原谅我,我想想真是痛心!当时我不好发作,只得忍气吞声,把她招呼上车,别了我那亲戚,回学校去,这一夜我简直不曾睡觉,想起来就觉伤心,"她说到这里,又对露沙说:"我真信你说的话,求人谅解是不容易的事!我为她不知精神受多少痛楚呢!"

云青道:"想不到孤云竟怪僻到这步田地?"露沙道:"其实这种朋友绝交了也罢!……一个人最难堪的是强不合而为合,你们这种的勉强维持,两方都感苦痛,究竟何苦来?"

兰馨沉思半天道:"我从此也要学露沙了!……不管人们怎么样,我只求我心之所适,再不轻易交朋友了。云青走后可谈的人,除了你(向露沙说)也没有别人,我倒要关起门来,求慰安于文字中。与人们交接,真是苦多乐少呢!"云青道:"世事本来是如此,无论什么事,想到究竟都是没意思的。"

她们说到这里,看看时候已不早,因一齐到来今雨轩吃饭,饭后云青回家,收拾行装,露沙、兰馨和她约好了,第二天下午三点钟车站见面,也就回去了。

云青走后,露沙更觉得无聊,幸喜这时梓青尚在北京。到苦闷时,或者打电话约他来谈,或者一同出去看电影。这时学校已放了暑假,露沙更闲了,和梓青见面的机会很多,外面好造谣言的人,就说她和梓青不久要结婚,并且说露沙的前途很危险,这话传到露沙耳里,十分不快,因写一封信给梓青说:——

> 梓青!
> 　　吾辈夙以坦白自勉,结果竟为人所疑,黑白倒置,能无怅怅!其实此未始非我辈自苦,何必过尊重不负责任之人言,使彼喜含毒喷人者,得逞其伎俩,弄其狡狯哉?
> 　　沙履世未久,而怀惧已深!觉人心险恶,甚于蛇蝎!地球虽大,竟无我辈容身之地,欲求自全,只有去此浊世,同归于极乐世界耳!唉!伤哉!
> 　　沙连日心绪恶劣,盖人言啧啧。受之难堪!不知梓青亦有所闻否?世途多艰,吾辈将奈何?沙怯懦胜人,何况刺激频仍,脆弱之心房,有不堪更受惊震之忧矣!梓青其何以慰我?临楮凄惶,不尽欲言,顺祝
> 康健!
> 　　　　　　　　　　　　　　露沙上

梓青接到信后,除了极力安慰露沙外,亦无法制止人言,过了几个月,梓青因友人之约,将要离开北京,但是他不愿抛下露沙一个人,所以当未曾应招之前,和露沙商量了好几次,露沙最初听见他要走,不免觉得怅怅,当时和梓青默对至半点钟之久,也不曾说出一句话来。后来回到家里,独自沉沉想了一夜,觉得若不叫梓青去,与他将来发展的机会,未免有碍,而且也对不起

社会，想到这里，一种激壮之情潮涌于心，第二天梓青来，露沙对他说："你到南边去的事情，你就决定了吧！我觉得这个机会，很可以施展你生平的抱负，……至于我们暂时的分别，很算不了什么？况我们的爱情也当有所寄托，若徒徒相守，不但日久生厌，而且也不是我们的夙心。"梓青听了这话，仍是犹疑不决道："再说吧！能不去我还是不去。"露沙道："你若不去，你就未免太不谅解我了！"说着凄然欲泣，梓青这才说："我去就是了！你不要难受吧！"露沙这才转悲为喜，和他谈些别后怎样消遣，并约年假时梓青到北京来。他们直谈到日暮才别。

云青回家以后曾来信告诉露沙，她近来生活十分清静，并且已开始研究佛经了，出世之想较前更甚，将来当买田造庐于山清水秀的地方，侍奉老母，教导弟妹，十分快乐。露沙听见这个消息，也很觉得喜慰，不过想到云青所以能达到这种的目的，因为她有母亲，得把全副的心情，都寄托在母亲的爱里，若果也像自己这样漂零的身世，……便怎么样？她想到这里不禁又伤感起来。

有一天露沙正在书房，看《茶花女遗事》，忽接到云青的来信，里头附着一篇小说：露沙打开一看，见题目是《消沉的夜》，其内容是：——

"只见惨绿色的光华，充满着寂寞的小园，西北角的榕树上，宿着啼血的杜鹃，凄凄哀鸣，树荫下坐着个年约二十三四的女郎，凝神仰首。那时正是暮春时节，落花乱瓣，在清光下飞舞，微风吹皱了一池的碧水，那女郎沉默了半响，忽轻轻叹了一口气，把身上的花瓣轻轻拂拭了，走到池旁，照见自己削瘦的容颜，不觉吃了一惊,暗暗叹道:'原来已憔悴到这步田地!'她如悲如怨,倚着池旁的树干出神,迷忽间,仿佛看见一个似曾相识的青年,对她苦笑,似乎说:'我赤裸裸的心,已经被你拿去了,现在你竟弄了我!唉!'那女郎这时心里一痛,睁眼一看,原来不是什么青年,只是那两竿翠竹,临风摇摆罢了。

这时月色已到中天,春寒兀自威凌逼人,她便慢慢踱进屋里去了,屋里的月光,一样的清凉如水,她便拥衾睡下,朦胧之间,只见一个女子,身披白绢,含笑对她招手,她便跟了去,走到一所楼房前,楼下屋窗内,灯光亮极,她细看屋里,有一个青年的女子,背灯而坐,手里正拿着一本书,侧首凝神,好像听她旁边坐着的男子讲什么似的,她看那男子面容极熟,就是那个瘦削身材的青年,她不免将耳头靠在窗上细听,只听那男子说:'……我早应当告诉你,我和那个女子交情的始末,她行止很端庄,性情很温和,若果不是因为她家庭的固执,我们一定可以结婚了。……不过现在已是过去的事,我述说爱她的事实,你当不至怒我吧!'那青年说到这里,回头望着那女子,只见那女子含笑无言……歇了半响那女子才说:'我到不怒你向我述说爱她的事实,我只怒你为什么不始终爱她呢?'那青年似露着悲凉的神情说:'事实上我固然不能永远爱她,但在我的心里,却始终没有忘了她呢!……'她听到这里,忽然想起那人,便是从前向她求婚的人,他所说女子,就是自己,不觉想起往事,心里不免凄楚。因掩面悲泣,忽见刚才引她来的白衣女郎,又来叫她道:'已往的事,悲伤无益,但你要知道许多青年男女的幸福,都被这戴紫金冠的魔鬼剥夺了!你看那不是他又来了!'她忙忙向那白衣女郎手指的地方看去,果见有一个青面獠牙的恶鬼,戴着金碧辉煌的紫金冠。那金冠上有四个大字是'礼教胜利'。她看到这里,心里一惊就醒了,原来是个梦,而自己正睡在床上,那消沉的夜已经将要完结了,东方已经发出清白色了。"

露沙看完云青这篇小说,知道她对蔚然仍未能忘情,不禁为她伤感,闷闷枯坐无心读书,后来兰馨来了,才把这事忘怀,兰馨告诉她年假要回南,问露沙去不去,露沙本和梓青约好,叫梓青年假北来,最近梓青有一封信说他事情太忙,一时放不下,希望露沙南来,因此露沙就答应兰馨,和她一同南去。

到南方后,露沙回家,到父母的坟上祭扫一番,和兄妹盘桓几天,就到苏州看玲玉,玲玉的小家庭收拾得很好,露沙在她家里住了一星期。后来梓青来找她,因又回到上海。

有一天下午露沙和梓青在静安寺路一带散步,梓青对露沙说:"我有一件事要和你商量,不知肯答应我不?"露沙说:"你先说来再商量好了。"梓青说:"我们的事业,正在发轫之始,必要每个同志集全力去作,才有成熟的希望,而我这半年试验的结果,觉得能实心踏地作事的时候很少,这最大的原因,就是因为悬怀于你……所以我想,我们总得想一个解决我们根本问题的方法,然后才能谈到前途的事业,"露沙听了这话,呻吟无言,……最后只说了一句:"我们从长计议罢!"梓青也不往下说去,不久他们回去了。

过了几个月,云青忽接到露沙一封信道:——

云青!

别后音书苦稀,只缘心绪无聊,握管益增怅惘耳,前接来函,借悉云青乡居清适,欣慰无状!沙自客腊南旋,依旧愁怨日多,欢乐时少,盖飘萍无根,正未知来日作何结局也!时晤梓青,亦郁悒不胜,唯沙生性爽宕,明知世路险峻,前途多难,而不甘踯躅歧路,抑郁瘦死。前与梓青计划竟日,幸已得解决之策,今为云青陈之。

曩在京华沙不曾与云青言乎?梓青与沙之情爱,成熟已久,若环境顺适,早赋于飞矣,乃终因世俗之梗,凤愿莫遂!沙与梓青非不能铲除礼教之束缚,树神圣情爱之旗帜,特人类残苛已极,其毒焰足逼人至死!是可惧耳!

日前曾与梓青,同至吾辈昔游之地,碧浪滔滔,风响凄凄,景色犹是,而人事已非,怅望旧游,都作雨后梨花之飘零,不禁酸泪沾襟矣!

吾辈于海滨徘徊竟日,终相得一佳地,左绕白玉之洞,右临清溪之流,中构小屋数间,足为吾辈退休之所,目下已备价购妥,只待鸠工造庐,建成之日,即吾辈努力事业之始。以年来国事蜩螗,固为有心人所同悲,但吾辈则志不在斯,唯欲于此中留一爱情之纪念品,以慰此干枯之人生,如果克成,当携手言旋,同逍遥于海滨精庐,如终失败,则于月光临照之夜,同赴碧流,随三闾大夫游耳。今行有期矣,悠悠之命运,诚难预期,设吾辈卒不归,则当留此庐以飨故人中之失意者。

宗莹、玲玉、莲裳诸友,不另作书,幸云青为我达之。此牍或即沙之绝笔,盖事若不成,沙亦无心更劳楮墨以伤子之心也！临书凄楚，不知所云，诸维珍重不宣！

　　　　露沙书

云青接到信后，不知是悲是愁，但觉世界上事情的结局，都极惨淡，那眼泪便不禁夺眶而出。当时就把露沙的信，抄了三份，寄给玲玉、宗莹、莲裳，过了一年，玲玉邀云青到西湖避暑。秋天的时候，她们便绕道到从前旧游的海滨，果然看见有一所很精致的房子，门额上写着"海滨故人"四个字，不禁触景伤情，想起露沙已一年不通音信了，到底也不知道是成是败，屋迩人远，徒深驰想，若果竟不归来，留下这所房子，任人凭吊，也就太觉多事了！

她们在屋前屋后徘徊了半天，直到海上云雾罩满，天空星光闪烁，才洒泪而归，临去的一霎，云青兀自叹道："海滨故人！也不知何时才赋归来呵！"

沦 落

医生左手插着腰,右手轻轻敲着右边的胯骨,对病人表示一种悲悯的同情,微蹇着眉峰,看护妇递过寒暑表,放在病人的舌下,约四五分钟才又从嘴里拿出来,对着窗子望了一望道:"热度仍和昨晚一样,"医生点了点头,安慰病人道:"多睡觉,不要用心思就好了!"病人懒懒地点了一点头,医生便发出慈母般微笑,轻轻摸了摸病人的头,说了一声再会,跟着病房的门开了,医生就出去了。

这时候夜景幽寂,从窗子里射进灰白色的月光来,照得这病房,仿佛囚牢的惨厉可怕。看护妇在一张缝布椅子上,已沉沉入梦了。病人怕灯光,电灯早就熄了。这房里竟露出可怕的幽冷,街上的更夫已打三更了。病人的心脏急剧烈的跳着,睡魔永不敢近她,她只睁着眼,努力向那没有月光的暗陬凝望,那眼神的锐利,好像可穿鬼物的肝胆似的,如此半点钟以后,她实在不支了。无力的闭上两眼,迷蒙中忽见一个魁伟的少年,站在她的床前,仿佛很伤心她病到这般地步,摇着头,深郁的嘘了一口气,那阴森只像荒丘上的鬼风,病人很惊吓的对他望着。呀!他头上带着白布蓝缘的水手帽子,身上也是白布蓝缘的水手衣服,她禁不住抖战着垂泪了。那少年水手两腿渐渐软了,战栗着跪在她的床前,伏在她的胸上呜咽着。她觉得如火般热的眼泪,都浸入她心窝里去了。她无力的嘘了一口气,用手抚着那水手,她想起认识这水手的事情来了。

在一年夏天的早晨。天上一片云彩也没有,只在天水连接的地方有一道灰色而带蓝的带子,横在那里,海边上只有一只海舰停着。住在海边上的孩子,赤着脚爬下沙滩去,什么尖的螺,圆的贝壳,捧满了两手,她那时正在捉一个活的小螃蟹,不提防滑了脚滚到海里去,那浪花发怒般涌起来,她只觉鼻管辛辣,水往嘴里直灌,便迷昏不省人事了。

过了不知多少时候,她睁开眼一看,只是一个青年的水手,站在她的面前,见她恢复了知觉,微笑着递过一杯糖水,慢慢扶着她的头灌下去,她觉得更清醒些,又睁开眼往四面望望,只见自己卧的地方是一间洋式小房屋。很使她注意的,便是这小洋屋挂着五六个白色的救命圈,她怀疑着想,不知究竟是什么地方,那水手仿佛已明白她的意思,因微笑道:"小姑娘好险呵!不是我正扶着栏杆看风景,你一定要被浪头卷去了。……你愿意知道这是什么地方吗?……这就是停在海边的军舰,你家住在那里,我可以送你回去。"她这时已坐了起来,对着那水手,很亲昵的微笑着,投在他温暖的怀里说:"我要回去。"水手点点头,领着她下了舰,沿着沙滩走了一里多路,她已看见家门,只见母亲正擦着眼泪,仿佛等什么消息呢,她便撇了那水手急急飞奔她母亲去了。水手远远站着,等那母子都进去了,他才唱着凯歌回舰去。

在这件事发生两天以后,她的父亲到那军舰谢那水手,那军舰已开得无影无踪了,那老人只望着海,如默祝海神保佑这可爱的青年。

后来这一只海舰虽然又开到这地方两次,但那个水手却没有同来,她一家的人都觉得很失望,这样可爱的青年,竟不能再看见第二次,并且不能对他表示一家人感激他的意思。

过了八九年她已经二十岁了,那时她中学校已经毕业,她的故乡教育很不发达,因和母亲商议,到都会的地方求学去。临离家的头一天下午,她和几个同学仍到幼年的乐园,海边作最后的亲昵,这时正是黄昏,海雾受太阳的渲染,幻成紫的、红的、青的种种色彩——不很明显的混合色,仿佛闪光的轻纱罩子,罩在碧澄澄的海面上,西方的红霞又把海水染成紫的、淡红的各种颜色,在天水交接的地道,横着一道五色的绒毡。她正在留意看海景时,忽见沙滩的东边,有一个三十多岁的男子,穿着一身海军的军服,两手插着裤袋,口唇嘘嘘作响,两目望着天空,仿佛在回忆从前的往事般,有时在那沉静里,微露着笑容,好像阴云幕里的轻淡的阳光。她觉得这军人有些眼熟,不住用眼神打量他,但是记不起来了。这究竟是在什么地方看见过的呢?

她的同伴,同她谈海上冒险的故事,渔船遇着巨大的鳄鱼倾覆了,渔人捉住一只木排,漂泊到一个没人迹的岛上,虎豹怎样凶恶,毒蛇怎样伤人,她的同伴述说着,仿佛像曾亲眼见过似的。她从这些有趣的故事里,忽然想起她遇险的一段故事,于是她告诉她们说:"我告诉你们落水的故事吧!亏了那少年水手!"她的同伴都围拢说:"大一点声音。"她高声述说了。大家听了都现出惊怕的神情说:"呵!好危险呵!"

她这时忽然低下头,仿佛受了意外的刺激似的,不时偷眼向沙滩东边看,大家也不知不觉都回过头只见那中年的军人,向这边看着微笑,这些女孩子便如触了电般,狐疑着,不知这微笑里头,定伏着什么不测的事,有一个胆小的便说:"我们快走吧!那一定是个坏人,"大家被她一提醒,都觉得真正可怕,便忙忙往回走,只见那军人仍旧望着她们微笑。她们更觉得心虚,仿佛后面那少年拿着利刃追来了。便忙忙往家里飞奔。

第二天她正在拥挤的票房门口等买车票,只见人丛里走出那个中年的军人来,她止不住心头狂跳,紧依着她父亲的肘下,不敢动弹,面上的红色都淡了,后来她父亲因为替她拿行李票走开了。她独自站在票房门口,战栗着,低头不敢望四面看,忽觉背后有人说话的声音道:"姑娘!记得前九年救你命的人吗?"她听了这句话,这才明白原来就是那个水手呵!因放下了心,望着那水手说:"先生为什么早不说,我们一家人都极望见先生一面呢……好!我父亲来了,他老人家更是时时不忘先生的一个人。"她父亲见她和一个男人说话,很惊怪的看着她,她只微笑说:"爹爹!这位先生便是救儿命的那个水手,"这老人才明白,欢呼道:"呵!真是有幸,先生救了小女之后,老夫曾到海边去访先生,可惜军舰已开走了。但老夫没一天不在记念先生,等送小女上车后,请先生同老夫吃杯茶去。"

这时火车已到了,客人纷纷赶上车去,那军人和她的父亲一齐送她上了火车,不久开车的铃响了。火车头便蠕蠕动起来,越动越快,霎时间便离开故乡的城市了。

她到了北京以后,不久便进了学堂,她的脸上时时含着愉快的微笑,同学们都和她很亲厚,都觉得她是个幸运儿,忘忧草,她常喜欢带着娇憨的滑稽,惹同学发笑,学堂里的同学无论谁提到她,都立刻感觉着自然的美。

有一天正是星期六,同学们多一半都回家去了,她因为北京没有亲戚,所以只住在学校里,这时天气已有四点钟了,她从浴室里,抱着一包换下来的衣服,一壁唱着,一壁往洗衣服的地方去,顶头遇见那个有麻子的校役,拿着一张名片道:"小姐!有人找。"她觉得很奇怪,不禁"哟"了一声道:"谁来找我呵?"因伸手接过片子来,只见上头写着"海军部副官赵海能"。她更怀疑了,心想我向来不认识这个人呵!因向那校役道:"到底是怎样一个人呵?"校役说:"很高大的身材,四方脸,有两撇八字胡子。"她听了自言自语道:"高大身材,四方脸,八字胡子,莫非是那个救我命的水手吗?"想到这里,便回头对那校役说:"好吧!你先去,我就来,"她忙把衣服放在寝室里,对着镜把头发拢了拢,匆匆走到会客室,已经有许多人在那里会同学们,她慌忙向四面望了望,只见靠门坐着那个赵海能迎了出来,很恭敬鞠了一个躬。她这时仿佛作梦似的,也不知和他说什么,稍谈几句,赵海能便走了,她只记得一句是:"有机会还要来谈。"

她会过赵海能以后,仍旧照常活泼作她的事去。

她们学校的旁边,有一所花园,她每逢放假时,常常独自到那园里,坐在花荫下看书。倦了便放下书,倒在假山石背后,静静嗅着草际的幽香,听草虫奏着细妙的音乐,有时仰头看着天上变幻的行云,有时像鱼鳞般闪烁着,有时像轻纱般飘拂着。她仿佛作梦似的,想像天宫的白玉雕栏,和低眉浅笑的天使。有时忽觉天上的云异样的深碧,儿时久游的海景,一一涌现出来,那少年的水手——中年的海军部副官很明显印在她的脑里,游泳在她似梦非梦的眼前。

她不知上帝何时设下陷阱了!她感激救命的赵海能,常常流下热情的泪来,她看过从前的小说,对于有恩的男子,应该牺牲身心报答他。但她似乎知道赵海能已经不是独身的男人,她想要报赵海能救命的机会很少了。时时怅惘着,发出无可奈何的长叹。

有一次上心理学,她很留心的听讲:教员说:"女子富于情感,对于待她有恩情的人,时时不忘,根据这种心理,青年向少女求欢爱时,只有一个方法,表示对于少女极热诚,仿佛一切都可为她牺牲,纵使失败一百次,也不要灰心,终久必成功。"同班的同学听了都彼此互视着微笑,只有她脸上渐渐失了红润,头俯下去,倘若没有书桌挡着,恐怕直要低到膝上了,而且眼泪如泉水般的涌了出来,同学们很诧异,课堂里立刻静止,彼此面面相觑。便是那教员也皱着眉,默然无言,仿佛其中伏着极不测的动机,觉得再讲下去很不方便,因提早下堂了。

教员才走出讲堂的门口,同学们都一拥而前,将她围住。诘问和劝慰的声音,杂乱成一片。

她只伏在书案上,两肩不停的耸动,喉里不住的哽咽,始终探不出个究竟。同学们都怀疑着,渐渐走开了。有两三个聚在回廊底下,低声猜想着,其中有一个同学说:"她必是上了谁的当吧?"……"谁知道呢?"另一个同学插嘴说:"我觉得她近来的情形很不对,总是锁着眉峰,仿佛内心蕴藏无限的秘密似的。……哎!现在的社会,真好像荆棘的荒园了,只要一分不留心,便要被锐利的棘针刺破了……尤其是我们女子倒霉,心又软,情又热,只要男子在她面前落过一颗眼泪,无论什么便都被蒙蔽过去了。……"

种种的议论,接二连三的鼓荡在空气中,有时候一两句传到她的耳朵里,便变成有毒质的针,使她身心都感到痛楚和麻醉。

直到她病倒床上,当夜月幽淡的时候,她回想着,兀自心痛。她用手紧紧握着那水手的手,极用力的"喽"的一声。忽然打了一个寒战,睁眼一看,她全身如焚般烧起来,削瘦而灰败的两颊上,渐渐转成胭脂般的红润,失神的眼球,略略转了一转,那眼皮又慢慢垂下来了。

这时冷静的夜已过,那绿色的窗幔,闪着微紫色的朝旭。看护妇推门进来,手里端着一碗鲜而且白的牛乳,那热气如烟雾似的一缕缕都从杯里涌了出来。

看护妇右手端着茶盘,左手伸在背后,扭那门上的机关,一壁对着床前站着的少年点头说:"先生早呵!"

这声浪把她从半梦里惊醒,细看那少年,原来并不是水手,他穿着灰色布的长袍,覆额的头发很自然的松散着,仿佛很美丽的遮阳般。极活泼的眼神,表示他青年之美,他这时含愁站在病人的面前,很怜惜的替病人整着散乱枕旁的柔发,看见病人已睁开倦眼,用极柔和的低声问道:"今天觉得好些吗?"病人这时只微微摇了一摇头,依旧把眼闭上,他很伤心的嘘了一口气,目不转睛对病人望着,觉得上帝太不仁了,为什么使这脆弱的玫瑰花,受病魔的作践呢?不然这种好天气,和她并肩坐在公园的松林里,听早晨的云雀,娇婉的唱歌,看莲苞的露珠,向朝旭争闪,有时她含羞向着自己微笑,呵!这多么使人醺醉!

"哎哟"病人又发出苦痛的呻吟了,他便立刻被驱出于幸福的花园,深锁着愁闷的海,将他全个盖没了。他坐在她的身旁,握着她久病枯瘦的手,含着泪的微笑,安慰她说:"不想病的苦痛吧?只想你没病之先,我们许多幸福的光阴,……你记得有一次我们喂猿子花生,你笑得弯了腰,这些要多有趣呵!你病好我们还要寻更美妙的乐趣去,你不是最爱听海里的风,吹在松枝上,发出悲壮的松涛的声音吗?……只要你能出了医院,我们便有快乐日子过了。"这少年极力安慰着她,想尽了种种方法,甚至祈祷上帝,再给他些智慧,使他把他的爱人从愁苦的海里救出来,便使牺牲了一切,他也绝不埋怨的。

看护妇将牛奶端到床前说:"小姐!吃吧!已经不很热了!"那少年连忙从看护妇手里接过来。顾不得看护妇很冷淡的微笑,他用羹匙一瓢瓢往病人的嘴里送着,只要病人咽下一匙,他心头便开一朵美丽的欣悦的花,但病人只咽了三口,便摇头不肯吃了。他这时想二十几岁的少女,只吃得三匙牛奶便够了吗?他忘了那病人已经摇头拒绝这牛奶,他依旧用匙,很小的舀着,送到她淡红而带浅灰的唇边,病人不耐烦的哼了一声,把头侧到里边去了。少年很失望的放下匙子,独坐着凝想,心头几次发酸,幸没有落下泪来。这不能不感谢事故很深的看护妇了。

太阳骄傲着走他的路,对于人间的欢迎与憎厌,他都不理会。他不注意那些怕分离的青年男女,而为他们稍停留,而且那些青年男女,觉得他们需要太阳照临的时候,太阳跑得更要快些。

病人床前坐着的少年,看见病人似乎睡着了,他轻轻走开,到门外换一换空气,当他抬头,看见西方一带柳树梢上,满都染着金黄色时,他不觉得吃了一惊,什么时候跑马的太阳已走到这里了。照规矩医院六点钟便不许外人停留了。他看一看手上的表只差五分,便需离开这地方了。他又走进病房里,病人已醒,望了望他道:"你没走吗?……"他说:"还早还早。"但他那不自然的微笑,已令病人不能坚信他的话。

门外头一阵脚步声,医生来看病人了。看护妇拿着寒暑表,推门进来说:"先生到关门的时候了,"他仿佛罪人听了最后的判决,只得绝望走了。看护妇送他出了门,依旧淡然微笑着。

三个星期以后,这病房里已另换了一个病人了。她搬到学校的休养室住下,同学们听见了这消息,都抱着欣悦的同情,到她那里看望她。这休养室在操场后面,另外一个小花园里,窗前有几株美人蕉,正开着金红色的花,在朝露未干时,从那花下过,可以嗅到一种清微的幽香,蕉叶像孔雀美丽的尾,翠碧上有许多金星,那正是露珠儿在朝阳下闪烁的时候了。

满屋子的光线都异常轻柔,淡绿像湖心的水色。窗上都幔着葡萄叶色的轻纱,杨柳的柔条,美妙的飘射在上面。她披着玫瑰色的大衣,静默的坐在靠窗的大沙发上,在左手这一边放着一封信。眼前游泳着可怕的恶梦。

不能忘的水手——中年的副官,魁伟的身干,直立着仿佛一根石柱。他只要轻轻一动,就可使无数的人头破血流。记得他曾述说他攻打敌人时的猛鸷,一个枪子打进对面敌人的左眼,那眼珠网着血丝——赤红像火般,滚了出来,他绝不动心,接续第二枪第三枪一直开下去,仿佛小孩子看放花一样有趣,红光——血和火焰都混合成为一片,他只觉活跃好看——唉!勇敢的军人!多么可怕的活剧,他只要一样把这不情的活剧,从新演一遍,不消两个枪子,什么都完了。

她惊惧仰起头来,只见绿纱窗上,染上几道淡紫的波纹,在那波纹低下仿佛有一个人影,于是她开始问道:

"门外是谁?"

"松文姊姊你起来了吧!"

"起来了!你是彬彩吗?……进来坐坐。"她说着,开了房门,只见彬彩笑嘻嘻走了进来,对她脸上望了望说:"怎么今天脸色又不好啦!昨晚好睡吗?"

她惊惧而羞涩的应道:"怎么?……不至于吧,"因拿起桌上的小镜子,细细照了一照,又用手在两颊上搓了一搓道:"想是天气比较凉了,我病后禁不住,脸色所以更苍白了。"

"这也不要紧,你不要忧惧吧!只要畅放胸襟,复原自然就容易了。"彬彩抚摩着松文的肩,很诚挚的安慰她。她只摇摇头叹了一口气说:"像我这种不幸!……死了倒也干净!"

"为什么总要往这一条路上走,死也没这么容易呢?"彬彩很感慨的说着。

她把沙发上的围巾拿起来,那封信掉在地下了。"呀!他又来信了吗?你也太不干脆了!像这样藤蔓似的。将牵到什么时候才了呵!"她面色渐渐红了,好像火般的燃烧着,头俯下来,紧紧靠着胸口,泪和露珠般,滚过两颊又流到衣襟上了!

"唉!"彬彩的颜色苍白了,但她除了这一声"唉!"没有更多的话了。这美丽的晨光,被弱者的泪浸得惝淡了。窗纱上的红色波纹,变成素湍的清流了。满屋里沉寂着,像死神将要来临的森阴可怕。一只青白色的面孔,四只凝着泪光的眼睛,仿佛在神的莲座前,待最后的判决般不安和忧郁。

后来彬彩慢慢恢复了她为忧伤而错乱的神经。用绢帕拭干了眼角的泪痕。从地下捡起那封信来说:"我能看一看吗?"松文只点了一点头,仍不住的流泪。

彬彩用发抖的手——仿佛已听见强者的枪在封套里跳跃了——轻轻从那封口里抽出信来,眼前顿觉一亮,一个火热的十字在那信尾,明明白白的画着。仿佛经过知县老爷批行的文书,只要一公布出去,罪人便没有希望了。彬彩极力镇定着,把那信笺展开,但连信笺都一同的发着抖。她对着空气深深的吸了一口,似乎胸口的压迫松了些。于是才看见信上所写的东西:

松文:

　　我是军人,我是不知道明天的生命的人,我的感情是像海里的波涛一样的,当我听见指挥官的号令:"前进!"我全身便燃烧在火热的情感里,这时不打得敌人的眼珠滚了出来,我手上的枪绝不向下松一松。但事情过了,我睡在野外的帐幕里,偶尔看见头顶上的青天,和淡白色的月光,我也曾想起我白天的动作很可笑,而且危险,这时我感情的潮落下去了。但是没有用处,这已经是过去的事了。

这一段故事,仿佛是题外旁枝,但你若懂得,就可以免了许多的麻烦!

我热烈的感情,能像温柔的绸带缠着你,使你如醉般的睡在我的臂上,但你若背过脸去,和另一个少年送你的眼波,我也能使这温柔的绸带,变成猛鸷或毒蛇,将你如困羊般送了命。

你或者要祈祷上帝,使可怕的战事——无论为什么而战,只要将我因此送了命,你便可以很自由了,这一层我不能禁止你,而且真到这时候,我看不见,听不见了。我也不愿再管了。只是我活的时候,我绝不能使曾经和我接近的人,更和别人演一样的剧。

我救你的命,我并不曾想你报答,但你既很慷慨的愿意以身报我,那就不能再由你的意了。

赵海能上

彬彩看完这字字含刺的信,哀悯的同情,染着愤激的色彩,责备松文说:"你为什么不想一想!"松文又羞又伤心。将头埋在手里。猛烈的热情,逼着她放声痛哭了。

彬彩看着这可怜的弱者,也禁不住落了许多同情的泪。

在她们哭得伤心的时候,日色越变越阴沉,一阵阵凉风吹得芭蕉叶刷刷作响,立刻便有暴雨要来似的。

彬彩看看手上的表,已到正午了,因说道:"你一早还不曾吃东西,我们一同到食堂吃碗面吧!"她摇头道:"你自己去吃吧!我一些不饿。"说着那雨点已渐渐滴了下来,彬彩说:"我不能再耽搁了。你现在不去吃也好,等雨晴了我叫人给你送来吧!"说着开开门急急的走了。

彬彩走到食堂里,同学们都早已在那里坐好了。她检了靠窗子的那位子坐下。大家嘈嘈杂杂谈话,彬彩并不注意她们,只顾低着头吃,忽听靠她左边坐着的那个同学说:"彬彩!你的好朋友松文病好了吗?"彬彩说:"还没十分好!"另有两个同学,正看着,露出很鄙薄的冷笑,含着讽刺的语调说:"松文病得真奇怪?""哼!什么怪事没有啊?这才给妇女解放露脸呢!"彬彩听她们的话头,简直是骂松文,自己也不好插嘴,只装没听见,忙忙吃了,放下筷子就走。她们看了她这不安的神气,等她才转过脸去,便发出使她难堪的冷笑,仿佛素日和松文过不去的宿仇,这一笑便都报复了。

彬彩装着一肚子牢骚,来到洗脸房里洗脸,当她拿着脸布在脸上擦的时候,愤怒和不平的情感,使得她的眼泪和脸盆里的水相合了。她想:"人们最残忍,对于人家的错总不肯放过一分一厘,松文当日待她们也不薄,何至于这样的糟践她呢?人们只是自利的虫呵!这世界究竟有什么可宝贵的东西?"彬彩越想越伤心,终至于把眼睛都擦红了。

同学们走过她的面前,只是冷然的,似乎有些惊异的微笑着。

松文的病,为听见同学们的闲言,又加重了。这时除了彬彩对她仍和从前一样的诚挚,其余的都极隔膜,有时因为到操场去,从她的门口过,也只对着她的门窗,露着鄙薄的冷笑,她们给她起了一个绰号叫"害群之马"。从此她们说到她,只以"害群之马"为影射之辞。

有一天正是学校纪念日,同学们演新剧,彬彩约着松文到演剧场,打算使她开开心,病也可以好得快。她们到那里只剩东边犄角有两个空位子,彬彩坐在外边,松文坐在里边。这时趣剧已开幕了,演醉汉的笑史,只见那醉汉跄跄跻跻在台上乱撞,把一个卖豆腐的担子撞倒了,弄了满脸满身的豆腐,好像雪地里钻出来的一只笨猪。看客都哄堂大笑,松文也觉得这是病后头一次开心了。

趣剧演过,接着演正剧——《心狱》——是一个青年从外国回来,留在他姑母家里,他姑妈没有子女,抱了一个养女,这时已经十八岁了。出脱得和含露的蔷薇般,十分艳丽。这少年因色动情,引诱这少女和他发生关系。那少年不久就回家去了。这少女不幸有了孕,被家人发现,把她赶了出去,沦落得将成乞丐了,而那少年早把这件事忘了。当这少女正抱着小孩跪在戏台上,凄声的哀求上帝的怜悯的时候,看的人有的发出同情的悲叹来。而在东边犄角上,忽砰的一声,仿佛什么沉重的东西倒了,会场的秩序立刻乱起来。

"谁摔倒了?"

"松文!松文!"

"快请学监去!"

闹嚷中那个高身材的学监先生,慌张着来了,叫女仆将她连扶代抬弄到休养室去,一直过了半点钟,会场的秩序才渐恢复了。

松文两眼紧闭,脸色和纸般的惨白,嘴唇发紫,一声不响的睡在床上,彬彩用急迫的声调,抖战着呼唤,有经验的女仆,用力掐她的人中。过了半天,松文才回过气来,"呀"的一声哭了!彬彩含着泪说;"这是何苦呢?"

女仆忙着灌糖水,揉心口,直到松文嘴唇有了红色,大家才慢慢散了,彬彩在对面床上陪伴她,夜里偶然醒了,还听见松文深郁的悲叹,仿佛荒原里,沦落的小羊。

从那天晚上起,学校里的人们对松文的议论,又如潮水般澎涨起来。彬彩把休养室的门关得紧紧的,唯恐不情的嘲笑传到她的耳朵里,增加她的病。

人们无情的嘲笑,渐渐好些了,因为她们的嘴已经为这议论疲倦了,她们的耳朵也为听这议论疲倦了。松文的病也渐渐好起来。

在松文病里,那个活泼的少年,担了不少的心,背着人流了许多的泪。但学校里他不方便来,并且松文又屡次阻止他来。他每次走到学校里的门口徘徊了许多时候,但依旧照样回去了。

现在听说松文已经能出来,他才从愁苦的海里逃了出来,这一天气候很温暖,梨花静默的睡在太阳的怀里,怯弱的兰蕙,也亭亭直立在白石的栏杆边,透着醉人的清香,松文无力的倚着雕栏坐着,那少年站在旁边,握着她瘦弱的手,低声道:"比从前又瘦许多,怎么好?"很诚挚的情感的表示,松文惊得缩回手来,少年似乎不解的对她望着。紧咬着嘴唇,虽然没说出一句话来,而他心弦的紧涨更比说什么表现得清楚。

夜来香的密叶下,飞出一只小麻雀来,仿佛嘲笑似的,从他们头顶上飞过去。梨花的瓣如蝴蝶般,随着微风飘落在她的衣襟上,她含泪拾起梨花,用手抚摩着,似乎说:"你的零落憔悴正和坐在你底下可怜的女子一样呵!……但你还有我怜你……"她的泪滴在梨花碎瓣上,染成淡红色的斑痕。那少年说:"这是人间最不值得理会的东西,不过一片零落的花瓣,何必用你宝贵的泪去染她呢?"她抖战着,重复那少年的话说:"不过一片零落的花瓣!"

少年觉得,他们这一次的聚会,没有多少吉兆。怏怏的送她到了学校的门口,便独自回家了。

他到了家里,回忆着日间事,他觉女子们的心情,真是过分的易受感动。不值什么的一片落花,也会使得她们流泪。

这一天夜里,松文等彬彩睡着了,她又坐起来,拥着温暖的棉被,细细的思量,她觉得那少年对她十分的真挚,或者能原谅她一时的错,而终身包涵她……但她一转念间,又觉得自己的测度靠不住,倘若他放下脸说:"我纯挚的爱情,只能赠给那洁白如玉的女子,不能给你……"或者他勉强容忍了,当时不使我太难堪,但渐渐和我疏远了,甚至于在街上遇见我的时候,竟仿佛不认识:这都足使我失却生活的勇气呵!

我不告诉他吧!人生朝露,像我这种身体更不知什么时候就结束了,何苦不尽力在生前享乐呢?……享乐!唉!不能!绝不能!良心之不安,比凌迟处死的罪还难受呢。并且没有同情的人类,专好攻人家的过处的人类,我纵不说,他也未必终久不知道,那时候岂不更多了一层欺骗的罪吗?

他仿佛很真诚,或者他能看爱的面上饶恕我一切。可怜我易受骗的小羔羊,用他丈夫的大度,来包容我。……

但是他向来很胆小,为了那强凶的赵海能他或者要遮着耳朵,急急躲开了,那我岂不是一样的沦落。

真的,我没认识他以前,我没到爱的花园里边去过。没理会过紫罗兰的香气,是很精妙的。

赵海能三十九岁的副官,我为感他救命的热情,不幸一时走错了一步,但绝不会因此开很精美的爱的花。而且这又不能和太阳一样的光冕堂皇,只像躲在墙缝里的水牛,如何的龌龊和束缚呵!

几千根没有头绪乱麻般的思想,将他萦绕得头目发晕。

夜已深沉了,星光很惝淡,仿佛醉人朦胧的眼。细小的风,从玻璃缝里悄悄钻了进来,吹在她的散发上,根根便如青色的飘带般舞动犬儿遥遥的吠着,打断她的思路,她实在疲倦得不支了,放好了枕头,将身上披着的衣服拿了下来,慢慢钻进被筒里去。数着壁上的钟摆一二三四五六……不知数了多少她才走到短期的安息国去。

当松文披衣深思的时候,同时离她十里路左右。有一所公寓,最后进的一所房子。兀闪烁着灯光,在灯光底下。坐着一个少年。正用金色的笔头,蘸着紫罗兰的墨水。往一张很美丽的信笺上写道:

"松文!我为你的荏弱。几次心都裂了!他看见兰花,支着纤细的干儿在夜风里摇摆着,我便心慌的张开我的两臂,遮着那无情的风说:'风呵!你留一些情吧!她禁不起你的摧残哟!'

松文！我或者有些过虑。但我看见你削瘦淡白的两颊，我无论什么时候都在抖战着……"

他写到这里，似乎有些停顿了，他放下笔，拿起桌上的香烟。不住的吸着。满屋子都漫了烟雾。过了不知多少时候，烟雾散净了。他举起两手，伸了伸腰，打了一个呵欠，回头看了壁上的钟，已经两点了。于是将这不曾写完的情书，郑重收起来，安然的睡下。

两星期以后，他打算到南边去省亲，便约松文在公园里话别，过一天天气比较得热，并且一点风都没有，在那河边的柳条静静的动也不动，那路旁的蝴蝶兰，也默默无语，对着那炎热的骄阳，仿佛乞怜似的低垂着弱茎。河池里的水平如镜，映着两岸的倒影。水亭子的红柱，一根根逼真的印在水里，有时波底的游鱼，征逐着捉那赤色的小虫时，水上便起了漪纹。

那少年坐在水边的悬崖上，两只脚踏在一根老松根上，在悬崖旁边，长着许多碧绿的爬山虎，和赤红的马樱花，那马樱树的叶子，正像一把伞般，遮着那炙人的阳光。这时松文还不曾来，他不很焦急，因为他正思量着，用什么安慰她，使她觉得这暂时的小别不算什么。他第一层想到了，他今天对她不说一句惜别的话，他更要极力作出这是一件很平常的事，或者还是一件很快壮的事。但他不知怎，想到留下她很孤零的在北京，心弦便禁不住要紧涨了，他向无云的碧蓝天空，深深吸了一口气，仿佛觉得松快些。他无意的回过头去，神经像受了电流，不觉"呀"了一声，因为在他的背后，正是他的爱神，含笑的站在那里。

"你想什么？竟如此入神？"松文含笑的对他诘问。

"我只打算你从这一条路来,正在盼望你,不想你到那边绕过来,躲在我的背后,使我不期的吓了一跳。"

松文不再说什么,只拣了一块平的山石,用手巾垫着坐下了。他也不知要说什么才适当,也踌躇着一语不发。他们默对了半天,只是他们的眼神,都一时不曾缄默,惜别和怅惘的情绪,都尽量的传达了。

"哦!你要走吗?"松文突然问着那少年。

"打算明后天走,你觉得怎么样?"他用犹豫的目光望着松文,仿佛只有她一句话才可以决定他的行止。

"你既决定走,还有什么好不好呢?"她含着深微的幽怨,和失望的情绪,使他坚定就走的心摇动了。

"倘若可以不走,我……"

"走也好,在北京也很无聊,"她不等他的话完便插入这么一句,打断他的下文了。

他似乎有些不高兴了,脸色微露苍白,两目失了灵转的力,只凝注在没有一点好看的白墙上。

"你怎么不说话了?"她又故意的问他。他觉得更伤心了,眼圈仿佛红着,她这才不忍再戏弄他了,用极温挚的态度向他道:"你能不去,我当然希望你不去,因为我现在也很孤零。想到你路上的凄寂,更不舒服……可是你的家里有要紧事,你又不能不去,只望早点回来……"她说到这里,觉得不能再这么一直说下去。恐怕自己先制不住自己的眼泪,因换了方面说:"你到南边把好的风景片给我寄几张来。"他听了这话,立刻活泼起来,因问她要那一样的,要多少,说个不休。两人都把惜别的情绪宕开了,好像一阵的大风,吹散天空的浮云。

这时候暮色很深了,游人依旧很多。他们便离了这水涯,在松林下并肩慢步着。

新月如眉般的,印在蔚蓝的天上。疏星似棋般排列着,从高茂的树林中,露出几道的白光,照在马路上,叶影如画。他们踏着这美丽的影子,互视着传他们密致的心波。他们无言,但他们彼此听得见彼此的心声,深深沉醉在清淡悄默的月光和星辉之下了。

第二天早晨,松文叫人送了一封信,给那少年。这信共有两层封套,里边的那封信,用红漆锁着信口,在信封的背后注道:"这封信请你在车到天津时,再拆看。千万!千万!"

那少年似乎不可耐,他焦急着皱紧眉头。"到天津再看,为什么呢?"他自己问着自己,但他终久只在云雾里罩着。几次要待不遵她的嘱咐,但当他用手动那封口的红漆时,总要不安的顿住了。

在车上三点多钟的时间,在他急迫的心看起来,至少三年了。车到天津的时候已经七点了,但日色还很明亮,他靠着窗子,把信拆看了。不知不觉他的心弦又紧涨起来。他看那封信上说,他的爱神已不是含苞未放的花了,他怀疑着想,这大约是梦吧!世界上那有这种可惊异的事呢?她娇羞默默,谁说她不是处女的美呢……竟有这种的事吗?……赵海能可鄙的武夫,他也配亲近她吗?那真是含露的百合,遭了毒蜂的劫了!他如回文般,织着不断的思网,有时觉得心火着了,烈炎烧了全身,使他焦灼。有时仿佛失足到封锁着的冰窟里去,心身都冷得战栗了……他想割弃了吧！但是她的印象太深了,总有些不可能。不割弃呢？我夺了别人的所爱,良心的酷责,不能轻恕,或者敌人用他那身上的刺刀对付我。这未免太冤枉了！

冲突的两念,亘在他的胸中,直到他回家那一天,他父亲含着泪对他说:"我的身体一天差似一天,不知道还有几个月的命了。你年纪也大了,我若能看见你在我咽气之先,办了你的喜事,我死也瞑目了……我这次叫你回家就为这事,因为怕你受了外头那些新思潮,不肯回来,所以我只告你我病重了……现在你的意思怎么样？"

他这时渐把对松文的念头,慢慢打断了。他说:"父亲的意思我明白了。但那张家女儿听说今年也回来了……"

"哦！是的,她在女师范毕业了……正是今年才回来的。"他父亲含笑的回答他,他这时心里打算要求他父亲要和张家女儿见面。但终有些不好意思出口,低着头,等了半天才嗫嚅着说:"我打算见她一面。"他父亲微笑着,露出很慈爱的样子说:"这个慢慢商量吧！现在你先去休息。"他这才退了出来。

走到自己的屋子里,看见所有的家具都新漆过了,知道这都是为婚事的预备。他正在四围赏览着,只见书案上,放着一个白银刻花的像架,里面有一个极美丽的女子,手里捻着一朵玫瑰花,倚在太湖石上,眼望云天微笑。他心里吃惊,他想这女子比松文更秀丽了,这到是谁呢？怎么放在他的屋子里来呢？他把这像片从案上拿了下来,只见这像的背后,有一行字是,"张静兰年十九岁三月五日酉时生",他这时心花都放了。他晓得这就是他未来的妻子,美丽而年青的安琪儿,这时把松文更忘怀了。并且他渐渐生了鄙薄松文的念头,他想自己纯洁的爱情,只能给那青春而美丽的贞女。松文已不是含露未放的花苞了。把从前松文的印影,用新的幔子罩起来了。

松文自从那少年走后,情绪只觉无聊,常常一人独坐,回溯水涯畔的美丽图境,那少年的笑容,怎样使她忘了愁苦。这时她瘦白的两颊上,渐渐涌起两朵红云,仿佛晨光朦胧里的彩霞。但一想到她现在的孤零和凄寂,那美丽的梦,便幻成可怕的毒蛇,驱逐她到失望的国里去,她的眼泪又缘着两颊流下来了。

这一天清早,她正独自在廊下徘徊着,忽见邮差送来一封信。那熟谙的笔迹,使她的心头立刻开了花。她忙忙拆开封口,一张美丽粉红色的片子,落在地下,她想这一定是新出的风景片,忙忙拾了起来,"呀!"她突喊出这惊奇悲惨的调子来。她的手抖着,只见那张结婚的请帖,个个字都像魔鬼向她伸爪似的,她无力的倒在地下了。彬彩正在房里看书,听见这声音,急出来看,只见松文面色苍白,牙关紧闭,昏倒地下。忙忙叫老妈子,帮着把她扶起,放在床上,叫喊了半天,她才慢慢醒了过来,但她的神经已经乱了,忽笑忽哭,有时用手在空中乱抓。彬彩慌了,忙忙通知学监,请了医生来看,医生只是摇头说:"这病很有疯狂的可能。必须赶紧使她热度减少,才保得性命。"当晚使用汽车把她送到医院去了。

这消息一传布开,彬彩又受了许多的苦痛,人们真怪,某一个人有了一点不是,连朋友都要被凌辱。彬彩本想搬到医院去看护她。因怕同学们的冷嘲热骂,把她的心吓冷了。虽然心里怜她,面子上也不愿亲近她。

松文在医院里,过了两个星期,危险的时期已经过了,但当她迷糊的时候,还不觉苦。只要她略一清醒时,睁眼一看,自己身旁一个人都没有,便是窗前的树叶,也仿佛对她很冷淡的,也好像已经走到天尽头的孤岛里了,这时只有哀求万能的慈悲上帝,来接引她了,但上帝也似乎没有听见她的哀求,只有黄昏的灰幔,犹恋恋的覆着她。使她看不见人类冷刻的眼波的流盼罢了!

旧　稿

在这炎热的下午,大家全在睡午觉,梅生也拿着《小说月报》躺在沙发上,看了几页,觉得眼皮盖下来了,但是睡魔十分作弄,当她把《小说月报》放下,预备梦游极乐世界的时候,睡魔早又躲得无影无踪了。她在沙发上翻来覆去,总睡不着,精神十分兴奋。因坐起来,把书架上一堆零乱的书籍,一本本整齐的放在桌上,最后剩下一本薄薄的小册子,上面写着"旧稿"两个字,她的确忘了,这旧稿是什么时候作的?当下凝神回想了半天,但总想不起来,免不得打开细看:

"真的!悟哥太喜欢哭了,他昨天给我一封信,写得真可怜。而且在那信纸上,点点斑斑地泪痕,还辨认得出呢!他说:'妹妹!你总像不懂什么事情是的,当我和你同坐在海棠树下,听鹧鹆叫的时候,你总是望着天,默默含笑,我呢?又像是很得意,其实我也够伤心了!你知道吗?我爹老了,我妈呢?早已回去了,我没有兄弟,也没有姊妹,只有我一个人,我真是落漠极了……妹妹!你怎么不理会我呵!你真要使我把霜雪般尖刀,割出鲜红的心给你看吗?……我知道小孩子未必有什么经验,她们对于大人的伤心,总不太受感动,但是妹妹你是人间第一聪明的,你的两眼神光，常常照澈我的心，你绝不至于不明白我呵！昨天晚上，我们坐在太湖石上，我问妹妹说："你能爱我吗？"你怎么只是憨憨地笑，呵！我真的伤心极了，妹妹呵！你是春天里温馨的风，能吹散人间的怨愁，但是你总不向我吹哟！你是上帝的宠儿，能予人以生命，但是你总不理会我哟！唉！我低声的祷告，妹妹怎么总是憨憨地笑呵！妹妹你不要太使我过不去吧。……'

悟哥只是喜欢愁，喜欢哭，我有时候也好像很难过，但我觉得哭总不如笑容易，我记得有一次嬷嬷病得很利害，哥哥们都暗暗弹泪，我便也想哭，可是到了晚上妈妈好些，我依旧笑起来。

有一天下午，我和娟姊同到公园散步，我们走到后边竹亭子的左近，看见一个少年拿着书，放在膝盖上，眼睛却看着天，默默出神，我们在远处只看见背影，娟姊指着那少年告诉我说：'你瞧！那个人不是发疯吗？一定是受了什么委曲，一个人跑到这里出神来了，'我听了这话，不禁笑了。我心想这个人，真好伤心，跟悟哥可以作朋友了。娟姊不住声的说'奇怪！奇怪，我们到要看看这是什么人？'我们因此故意折回来，走到亭子面前，呵！我不看还好，一看我又禁不住哈哈笑起来，原来就是悟哥哟！

第二天悟哥看见我，好像有些不高兴，他说：'妹妹，你怎么总不了解我呵？'我依旧觉得好笑。而且我还笑着问他：'你昨天在公园想什么呵！娟姊说你一定受了谁的委曲了，真的吗？'悟哥仿佛要哭了，我有些怕，真的！我最怕看大人哭，我便急急跑了。

悟哥在我家里住了一年,他哭的次数真是无数了,我从前听见人家说:世界上只有女人爱哭,悟哥其实比女人更爱哭呢。

悟哥好像老怪着我为什么不陪他哭,其实我那回偷着擦眼泪,他偏偏没看见,怪得我吗?我怎么好意思告诉他我哭了呢?

那一天晚上,张升替他拿着行李,哥哥拍着他的肩说:以后有机会到北京,还在我们家里住,到那边常常给我们信,我这时正站在大门口,看着车夫抬箱子,那汗珠儿从额上流下来,好像黄豆般滚着,有一颗恰好滚到他嘴里去,我不由得想起小妹拿眼泪,当作甘露咽下去,禁不住又笑了。悟哥忽然叹了一口气,拉着我的手说:'妹妹!我们从此不能再在一处玩了!'我听了这话,好像丢了什么东西似的,仰头看看悟哥,好像他又哭了,我这次禁不住心头发酸,掉转头跑到卧室里,把头藏在被窝里,呜呜咽咽哭起来,不过我哭的时间很短,不到十分钟我就睡着了。真的,这一次要算我最伤心了!可惜悟哥不曾看见!

悟哥走了以后,我总觉着怅惘,花园也懒去,饭也懒吃,妈妈问我为什么?我不知道说什么,过了五六天娟姊搬到我们家里来住,我的精神渐渐恢复了,但是提到悟哥我便觉得怅惘,不像从前那种好笑了。

这一天悟哥的信来了,他说:'爱笑的妹妹,你猜我现在住在那里?那屋子的陈设,和我的情景是怎么样?你倘看见了那像豆般的小火焰,发出淡绿的幽光,和听见窗前促织儿,凄凄地叫,你或者要皱皱眉头吧!但是我想起我总喜欢拿悲哀的事告诉你,把你天真活泼的心芽或者要挫折了。这一点我实在觉得罪过,可是我自己又制不住自己。妹妹呵!你原谅我吗?我自从

离开了你,我更觉得没有生趣了,我只求上帝不绝人,使你永久是含露的仙葩,永久植在冷漠的花池里,使它略有生气.'

我从来没给人写过信,尤其是没有给男子写过信,我接到悟哥信的第二天,绝早起来了。拿着笔和纸,写来写去,直写到吃午饭还不曾写好,我真奇怪,怎么这信很是难写。娟姊跑来要看,我更不会写了,后来勉强写了几句说:'……悟哥!我现在不大爱笑了。可是我不明白为什么。是的!我想起来。我从你走后,我只大笑过两回,一回是娟姊从床上掉下来——因为和弟弟抢苹果吃,一回是弟弟写字,画了一脸的胡子,除这两回以外我真的再不曾大笑了.'我只写了这几句,不能再写了。——不过这信我终久没寄去。

过了两年悟哥不再来信了。听哥哥说:'悟哥去年娶了悟嫂。现在也不爱哭了.'可是我的笑却再也不能恢复了!"

旧稿到此为止,后面还有一首小诗说:——

  云雀飞遍了九天,
  笑之神呵!
  只深深藏伏云霓之间,
  寻寻觅觅,
  来到茫茫大海边,
  只有白浪如烟;
  海雾迷眼,
  笑之神呵!
  原来不在这冷漠的世界!

"哦！这只是一束旧稿,无意味的收藏着,何苦呵?"梅生自言自语着,把旧稿搓成飞絮般,片片飘舞,但她还嫌着迹,点着一把火,把这旧稿顷刻化为灰尘了。

前　尘

春天的早晨,荼䕷含笑,悄对着醉意十分的朝旭。伊正推窗凝立,回味夜来的梦境:山崖叠嶂耸翠的回影,分明在碧波里轻漾,激壮的松涛,正与澎湃的海浪,遥相应和。依稀是夕阳晚照中的千佛山景,还有一声两声磬钹的余响,又像是灵隐深处的佛音。

三间披茅附藤的低屋,几湾潺湲蜿蜒的溪流,拥护着伊和他,不解恋海的涯际,是人间,还是天上,只憬憧在半醉半痴的生活里,不觉已销磨了如许景光。

无限怅惘,压上眉杪,旧怨新愁,伊似不胜情,放下窗幔,怯生生的斜倚雕栏,忽见案头倩影成双;书架上的花篮,满栽着素嫩翠绿的文竹,叶梢时时迎风招展,水仙的清香,潜闯进伊的鼻观,蓦省悟,这一切都现着新鲜的欣悦,原来正是新婚的第二天早晨呵!

唉!绝不是梦境,也不是幻相,人间的事实,完全表现了,多么可以骄傲。伊的朋友,寄来《凯歌》新咏,伊含笑细读,真是味长意深;但瞬息百变的心潮,禁不得深念,凝神处,不提防万感奔集,往事层层,都接二连三的,涌上心来。

无聊的来到书橱边,把两捆旧笺,郑重的从新细看。读到软语缠绵的地方,赢得伊低眉浅笑,若羞似喜。不幸遇到苦调哀音的过节,不忍终篇,悄悄地痛泪偷弹,这已是前尘影事,而耐味榆柑,正禁不起回想啊!

人间多少失意事,更有多少失意人;当他们楚囚对泣的时候,不绝口的咒诅人生,仿佛万种凄酸,都从有生而来:如果麻木无知,又悲喜何从,——伊也曾失望,也曾咒诅人生,但如今怎样?

> 收拾起旧恨新愁,
> 拈毫管;
> 谱心声,
> 低低弹出水般清调,
> 云般思流;
> 人间兴废莫问起,
> 且消受眼底温柔。

无奈新奇的异感,依然可以使伊怅惘;可以使伊彷徨,当伊将要结婚之前;伊的朋友曾给伊一封信道:——

"想到你披轻绡;衣云罗,捧着红艳的玫瑰花,含情傍他而立;是何等的美妙,何等的称意;毕竟是有情人终成了眷属,可是二十余年美丽的含蓄而神秘的少女生活,都为爱情的斧儿破坏了。不解人事的朋友——你——我们的交情收束了,更从头和某夫人订新交了。这个名称你觉得刺耳不?我不敢断定;但我如此的称呼你时,的确觉得十分不惯;而且又平添了多少不舒服的感想!噫我真怪僻!但情不自禁,似乎不如此写,总不能尽我之意,好朋友!你原谅我吧!"

这是何等知心之谈,伊何能不回想从前的生活;甚至于留恋着从前的幽趣,竟放声痛哭了。

伊初次见阿翁,——当未结婚之前,只觉羞人答答地;除此外尚不曾感到别种异味,现在呢?记得阿翁对伊叮嘱道:"善持家政,好和夫婿……"顿觉肩上平添多少重量,伊原是海角孤云,伊原是天边野鹤;从来顽憨,那解得问寒嘘暖,那惯到厨下调羹弄汤?闲时只爱读《离骚》,吟诗词,到现在,拈笔在手,写不成三行两语,陡想起锅里的鸡子,熟了没有?便忙忙放下笔,收拾起斯文的模样,到灶下作厨娘,这种新鲜滋味,伊每次尝到,只有自笑人事草草,谁也免不了哟!

不傍涯际的孤舟,终至老死于不得着落的苦趣中,彷徨的哀音,可以赚不少人同情的眼泪,但紧系垂杨荫里的小羊,也不胜束缚之悲,只是人世间,无处不密张网罗,任你孙悟空跳脱的手段如何高,也难出如来佛的掌握。况伊只是人间的弱者,也曾为满窗的秋雨生悲,也曾因温和的春光含笑,久困于自然的调度下,纵使心游天阆,这多余的躯壳,又安得化成轻烟,蒸成大气,游于无极之混元中呢!

记得朔风凛冽的燕京市中,不曾歇止的飞沙,不住的打在一间矮屋角上。伊和她含愁围坐炉旁,不是天气恼人,只怪心海浪多,波涌几次,觉得日光暗淡,生趣萧索。

伊手抚着温水袋,似憾似凄的叹道:"你的病体总不见好;都由心境於邑太过,人生行乐,何苦自戕若是?"她勉强苦笑道:"我比不得你,……现在你是一帆风顺了,似我飘零,恐怕不是你得意人所能同日而语的;不过人生数十年的光阴,总有了结的一天,我只祝福你前途之花,如荼如火,无限的事业,从此发轫;至于我呵,等到你重来京华的时候,或者已经乘鹤回真!剩些余影残痕。供你凭吊罢了。……"伊听了这话,只怔怔的一言不发,仿佛她的话都变作尖利的细针将伊嫩弱的心花,戳成无数的创伤。不禁含泪,似哀求般说:"你对于我的态度,为什么忽然变了?你这些话分明是生疏我,我不解你从前待我好,现在冷淡我是为什么?虽然我晓得,我今后的环境,要和你不同了,但我的心依旧不曾忘你,唉!我自觉一向冷淡,谁晓得到头来却自陷唯深!……"

唉!一番伤心的留别话,不时涌现于伊的心海之上,使她感到新的孤寂,尝受到异样的凄凉,伊相信事到结果,都只是煞风景的味道。伊向来是景慕着希望的隽永,而今不能了,在伊的努力上是得了胜利,可以傲视人间的失意者,但偶听到失意者的哀愤悲音。反觉得自己的胜利,是极可轻鄙的。

自从伊决定结婚的信息传出后,本来极相得忘形的朋友,忽然同伊生疏了。虽有不少虚意的庆祝话,只增加伊感到人间事情的伪诈。

她来信说:"……唯望你最乐时期中,不要忘了孤零的我,便是朋友一场……"

她来信说:"……独一念到侃侃登台,豪气四溢的良友,而今竟然盈盈花车中,未免耐人寻思,终不禁怅然了。往事何堪回首?"多感善思的伊,怎禁得起如许挑拨? 在这香温情热的蜜月中,伊不时紧皱眉峰,当他外出的时候,伊冷清清地独坐案前,不可思议的怅恨,将伊紧紧捆住,如笼愁雾,如罩阴霾;虽处美满的环境里,心情终不能完全变换,沉迷的欣悦,只是刹那的异感,深镂骨髓的人生咒诅,不时现露苍凉的色彩。

这种出乎常情的心情,伊只想强忍,无奈悲绪如蒲苇般柔韧而绵长,怯弱的伊,终至于抗拒无力,伊近来极不愿给朋友们写信,当伊提起笔,心里便觉得无限辛酸,写起信来,便是满纸哀音,谁相信伊正在新婚陶醉的时期中? 伊这种的现象,无形中击碎了他的心。

在一天的夜里,天空中,倒悬着明镜般的圆月,疏星欲敛还亮的,隐约于云幕的背后,伊悄然坐在沙发上,看他伏案作稿,满蓄爱意的快感使伊不禁微笑了。但当伊笑意才透到眉梢头,忽然又想到往事了。伊回忆到和他恋爱的经过? ——

最初若有若无的恋感,仿佛阴云里的阴阳电,忽接忽离,虽也发出闪目的奇光,但终是不可捉摸的,那时伊和他的心,都极易满足,总不想会面;也不想晤谈,只要每日接到一封信,这心里的郁结,便立刻洗荡干净,老实说,信的内容,以至于称呼,都没有什么特著的色彩,但这绝不妨碍伊和他相感相慰的效力。

而且他们都有怪僻,总不愿意分明的写出他们的命意,只隐隐约约写到六七分就止了。彼此以猜谜的态度,求心神上的慰安,在他们固然是知己知彼,失败的时候很少,但也免不了,有的时候猜错了,他们的心流便要因此滞住了,但既经疏通之后,交感又深一层。

在他们第一期的恋感中,彼此都仿佛是探险家,当摸不着边际的时候,彷徨于茫茫大海的里头,也曾生绝望的思想,但不可制止的恋流,总驱逐着他们,低低的叫道:"往前去!往前去!"这时他们只得再鼓勇气,擦干失望的泪痕,继续着努力了。

他们来往的书信,所说的多半是学问上的讨论,起初并不见得两方的见解绝对相同,但只要他以为对的,伊总不忍完全反对,他对伊也是一样的心理,他们学问的见解,日趋于同,心情上的了解也就日深一日了,这种摸索着探险的生活,希望固可安慰他们的热情,而险阻种种,不住的指示他们人生的愁苦,当他们出发的时候,各据一端,而他们的目的地,全在那最高的红灯塔边。一个从东走,一个从西来,本来相离很远,经过多少奇兀的险浪、汹波,还有猛鲸硕鼋,他们便一天接近一天了。

天下绝没有如直线般的道路,他们走到山穷水尽的时候,往往被困在悬崖的边上,下面海流荡荡,大有稍一反侧,便要深陷的危险,这时候伊几次想悬崖勒马,生出许多空中楼阁,聊慰凄苦的方法来,伊曾写信给他说:——

"……我不敢想人间的幸福;因为我是不幸者,但我不信上帝苛酷如是,便连我梦魂中的慰安,也剥夺了吗?

我记得悬泉飞瀑的底下,我曾经驻留过,那时正是夕阳满山,野花载道,莺燕互语的美景中你站在短桥上,慢吟新诗,我倒骑牛背,吹笛遥应,正是高山流水感音知心。及至暮色苍茫,含笑而别,恬然各归,郑重叮咛,明日此时此地,莫或愆期,唉!这是何等超卓的美趣啊!我希望——唯一的希望,不知结果如何,你也有意成就我吗?"

超越世间的美趣,如幽兰般,时时发出迷人的醉香,诱引他们不住的前进,不觉得疲弊,有时伊倦了,发出绝望的悲叹,他和泪濡墨恳切的写道:——

"唉!我已经灰冷的心为谁热了,啊!"这确实是使伊从颓唐中兴奋。

沉迷在恋海里面的众生,正似嗜酒的醉汉,当他浮白称快的时候,什么思想都被摈斥了。只有唯一的酒,是他的生命。不过等到清醒的时候,听见朋友们告诉他醉里的狂态,自己也不觉哑然失笑。至于因酒而病的人,醒后未尝不生悔心,不过无效得很不闻酒香,尚可暂时支持,一闻酒香,便立刻陶醉了。伊和他正是情海里的迷魂,正如醉汉的狂态。他们的眼泪只为他们迷狂而流,他们的笑口也只为他们的迷狂而开。

伊想到未认识他以前,从不曾发过悲郁的叹声,纵有时和同学们,争吵气愤至于哭了,这只是一阵的暴雨,立刻又分拨阴霾,闪烁着活泼的阳光了。自从认识他以后,伊才了解人间不可言说的悲苦。伊记得有一次,正是初秋的明月夜,他和伊在公园里闲散,他忽然因美感的强激,而生出苍凉的哀思,微微叹了一声,伊悄悄地问道"你怎么了?……"他只摇头道:"没有什么?"这种的答话,在伊觉得他对自己太生疏了,情好到这种地步,还不能推心置腹。伊想到这里,觉得自己真是天地间的孤零者了,往日所认为唯一可靠的他,结果终至于斯,作人有什么意义,镇日家奔波劳碌,莫非只为生活而生活吗?这种赘疣般的人生,收束了到干净呢!伊越思量越凄楚,这时他们正来到石狮蹲伏着的水池边,伊悲抑的倚在石狮的背上,含泪的双眸,凄对着当空的皎月,银光似的月影正笼罩着一畦云般的蓼花,水池里的游鱼,依稀听得见喋喋的微响,园里的游人,都群聚在茶肆酒馆前。这满含秋意的境地里,只有他们的双影,在他们好和无间的时候,到了这种萧瑟苍凉的地方,已不免有身世之感。况今夜他们各有各的心事:伊憾他不了解自己的衷怀,他伤伊误解自己的悲凄,他本想对伊剖白,无奈酸楚如梗,欲言还休。伊也未尝不思穷诘究竟,细思又觉无味。因此悄默相对,伊终久落下泪来,伤感既深,求解脱的心,忽然如电光一闪,照见人生究竟,大有放下屠刀,立地成佛之思,把痴恋之柔丝,用锋利的智慧刀,一齐割断,立刻离开那蹲伏的石狮子,很斩决的对他道:"我已倦了,先回去吧!"他这时的伤感绝不在伊之下,看了伊这种绝决的神气,更觉难堪,也一言不发的走了。伊孤孤零零出了园门,万种幽怨,和满心屈曲,缠搅得伊如腾云雾。昏沉中跳上人力车,两泪如断线珠子般,不住滚落襟前,那时街上的行人,已经稀少了,鱼鳞般的丝云,透出暗淡的月色,繁伙的众星,都似无力的微睁倦眼,向伊表示可怜的闪烁。

伊回到家里,家人已经都睡了。静悄悄地四境,更增加不少的凄凉,伊悄对银灯,拈起秃笔,在一张纸上,一壁乱涂,一壁垂泪,一张纸弄得墨泪模糊。直到壁上的钟敲了三点,伊才觉倦惰难支,到床上睡了,梦里兀自伤心不止。辗转终夜,第二天头晕目涨,起床不得,——伊本约今天早晨找他去,现在病了去不得,一半也因昨夜的芥蒂不愿去。在平日一定要叫人去通知,叫他不用等,或者叫他来,而现在伊总觉得自己的心事,他一点不知道,十分怨怒,明知道伊若不去,他一定要盼望,或者他也正伏枕饮泣；只是想要体谅他，又不胜怨他，结果这一天伊不曾去访他，也不派人通知他，放不下的心，和愤气的念头，缠搅着，唯有蒙起被来痛快的流泪。

到第二天的早晨，伊的病已稍好些，勉强起来，但寸心忐忑，去访他呢？又觉得自己太没气了，不去访他呢？又实在放心不下，伊草草收拾完，无聊闷坐在书案前，又怕家人看出破绽，只得拿了一本红楼梦，低头寻思，遮人耳目。

门前来了一阵脚步声，听差的拿进一封信来，正是他的笔迹，不由得心乱脉跳，急急拆开看道：——

"今天你不来，料是怒我，我没有权力取得世界一切人的同情的谅解，并也没有权力取得你的同情与谅解了！我在世界真是一个无告的人了！随他难过去吧！随他伤心去吧！随他痛哭去吧！随他……去吧！人家满不在乎这多一个不加多；少一个不见少的人，我又何苦必在乎这个，生也没有快乐；死也不见可惜；糟粕似的人生！我只怨自己的看不破，于人乎何尤！——明日能来也好，不来也好！——"

伊看了这封信，怨怒全消，只不胜可怜他委曲的悲伤，伊哭着咒骂自己，为什么前夜绝决如此；使他受苦，现在不晓得悲郁到什么地步，憔悴到怎般田地了，伊思着五衷若焚，急急将信收起，雇上车子去访他，在路上心浪起伏，几次泪液承睫，但白天比不得夜里，终不好意思当真哭起来，只得将眼泪强往肚里咽。及至来到他的屋子门口，那眼泪又拚命的涌出来，悄悄走进他的房间，唉！果然他正在伏枕呜咽，伊真觉得羞愧和不忍，慢慢掀开他的被角，泪痕如线，披挂满脸，两目紧闭，惛淡欲绝，伊禁不住伏在他的怀里,呜咽痛哭,他见了伊,仿佛受委曲的小孩见了亲人更哭得伤心了。

人生有限的精神,经得起几许销磨?伊和他如醉如痴的生活,不只耽搁了好景光,而且颓唐了雄心壮志,在这种探索彼岸的历程中,已经是饱受艰辛,受苦恼,那更禁得起外界的刺激呵!

他们的朋友;有的很能了解他们的,但也有只以皮毛论人的,以为他们如此的沉迷,是不当的,于是造出许多谣言,毁谤他们,这种没有同情的刺激,也足使伊受深刻的创伤,记得有一次,伊在书案上,看见伊的朋友寄伊表妹的一封信,里头有几句话道:"你表姊近状到底怎样?她的谣言,已传到我们这里来了。人们固然是无情的,但她自己也要检点些才是。她的详状,望你告我何如?"

伊读了这一段隐约的话,神经上如受了重鼎的打激,纵然自己问心,没有愧对人天的事,但社会的舆论也足以使人或生或死呢?同学的彬如不是最好的例吗?她本来很被同学的优礼,只因前天报上登了一段毁谤她的文字,便立刻受同学们的冷眼,内情的真伪,谁也不晓得,但毁谤人的恶劣本能,无论谁都比较发达呢!彬如诚然是不幸了。安知自己不也依然不幸呢?伊越想越怕,终至于忏悔了。伊想伊所受的苦已经够了,真是惊弓之鸟,怎禁得起更听弹弓的响声呢!

唉!天地大得很呵!但伊此刻只觉得无处可以容身了。伊此时只想抛却他,自己躲避到一个没有人烟的孤岛上,每天吃些含咸味的海水,和鱼虾,毁誉都不来搅乱伊,到了夜里,垫着银光闪灼的细纱的褥子,枕着海水洗净的白石,盖着满缀星光的云被;那时节任伊引吭狂唱恋歌;也没人背后鄙夷了!便紧紧搂着他,以天为证,以海为媒,甜蜜的接吻,也没有人背后议论了!况且还有依依海面的沙鸥,时来存问,咳,那一件不是撇开人间的桎梏呵!……但不知道他是否一样心肠?唉!可怜!真愚钝呵!不是想抛弃他,怎么又牵扯上他呢?

纷乱的矛盾思流,不住在伊心海里循荡着,不知道经过多少时光,伊才渐渐淡忘了。呵!最后伊给伊表妹的朋友写封信道:——

"读你致舍表妹信,知道你不忘故人,且弥深关怀,感激之心真难言喻。不过你所说的谣言,不知究竟何指?至于我和他的交往,你早就洞悉详细,其间何尝有丝毫不坦白处?即使由友谊进而为恋爱,因恋爱而结婚,也是极平常的人事,世界上谁是太上,独能忘情?人间的我,自愧弗如。但世俗毁谤绝非深知如你的之所出,故敢披肝沥胆,一再陈辞,还望你代我洗涤,黑白倒置,庶得幸免。……"

伊这信寄去后,心态渐次恢复原状,只留些余痕,滋伊回忆。情海风波,无时或息,叠浪兼涌,接连不止,这时他和伊中间的薄膜,已经挑破了,但不幸的阴云,不提防又从半天里涌出,当伊和他发生爱恋以后,对于其他的朋友,都只泛泛论交,便是通信,也极谨慎,不过伊生性极洒脱,小节上往往脱略,许多男子以为伊有意于己,常常自束唯深,伊有时还一些不觉得,有一次伊的朋友,告诉伊说:"外面谣传,伊近来和某青年很有情感,不久当有订婚的消息,"伊听了这话,仿佛梦话,不禁好笑,但伊绝不放在心上,依然是我行我素。

有一天早晨,伊尚在晓梦沉酣的时候,忽听见耳旁有人叫唤,睁眼细看,正是伊的表妹,对伊说快些起来,姓方的有电话。伊惺忪着两眼,披上衣服,到外面接电话,原来是姓方的约伊公园谈话,伊本待不去,无奈约者殷勤,辞却不得,忙忙收拾了到公园,方某已在门旁等待。伊无心无意的敷衍了几句,便来到荷花池边的山石上坐下,看一群雪毛的水鸭,张开黄金色的掌,在水面游泳。伊正当出神的时候,忽听方问伊道:"你这两天都作些什么事?"伊用滑稽的腔调答道:"吃了睡,睡了吃,人生的大事不过尔尔!"方道:"我到求此而不得呢?"伊说:"为什么?"方忽然叹道:"可恼的失眠病现在又患了。这两天心绪之不宁,真算利害了!唉!真是彷徨在茫漠的人间,孤寂得太苦了,"伊似乎受了暗示;仿佛知道自己又作错了,心里由不得抖战,因努力镇定着,发出冷淡的声调道:"草草人生,什么不是作戏的态度,何必苦思焦虑,自陷苦趣呢?我向来只抱游戏人间的目的,对于谁都是一样的玩视,所以我到不感到没有同伴的寂寞,而且老实说起来,有许多人表面看起来,很逼真引为同伴的,内心各有各的怀抱,到头来还是水乳不相容,白费苦心罢了。……"

方对于伊的话,完全了解;但也绝不愿意再往下说了。只笑道:"好!游戏人间吧!我们到前面去坐坐。"他们来到前面茶座上,无聊似的默坐些时,喝了一杯茶,就各自散了。

到家以后,他刚好来了,因问伊到什么地方去,伊因把到公园,和方的谈话全告诉了他。他似乎有些不高兴,停了好久,他才冷冷的道:"我想这种无聊的聚会,还是少些为妙,何苦陷人自苦呢?"伊故意问道:"你这话什么意思,我笨得很。实在不大明白。……放心吧!……"他禁不住笑了道:"我有什么不放心?"

在伊只是逢场作戏,无形中,不知害了多少人,但老实说,伊绝不曾存心害人;伊也绝不想到这便是自苦之原。

在那一年的夏天,白色的茶花,正开得茂盛,伊和他的一个朋友,同坐在紫藤架下,泥畦里横爬出许多螃蟹来,沙沙作响。伊伏在绿草地上,有意捉一只最小的,但终至失败了,只弄得满手是泥,伊自笑自己的顽憨,伊的朋友也笑道:"你仿佛只有六岁的小孩子,可是越显得天真可爱!"他说完含笑望着伊,伊不觉脸上浮起两朵红云,又羞又惊的低着头,那种仓惶无措的神情,仿佛被困狼群的小羊,但他绝不放松这难得的机会。又继续着道:"我原是夤夜奔前程的孤舟,你就是那指示迷途的灯塔,只有你我才能免去覆没之忧,我求你不要拒绝我,"伊急得几乎要哭了颤声道:"你不知道我已经爱了他吗?……我岂能更爱别人!"他迫切的说:"你说能爱他,为什么不能爱我?我们的地位不是一样吗?"伊摇头道:"地位我不知道,我只晓得我只爱他,……好了!天不早了,我应当回去了。"他说:"天还早,等些时,我送你回去,""不!我自己晓得回去,请你不要送我!……"伊说着等不得更听他的答言,急急往门口走,他似含怒般冷笑望着伊道:"走也好!但是我总是爱你呢!"

这种不同意的强爱,使伊感到粗暴的可鄙,无限的羞愤和委曲,当伊回到家里的时候,制不住落下泪来。但不解事的那朋友又派人送信来,伊当时恨极,不曾开封,便用火柴点着烧化了,独自沉想前途的可怕,真憾人类的无良,自己的不幸。但这事又不好告诉他,伊忧郁着无法可遣,每天只有浪饮图醉,但愁结更深,伊憔悴了,削瘦了!而他这时候,又远隔关山,告诉无人,那强求情爱的朋友,又每天来找伊,缠搅不休。这个消息渐渐被他知道了,便写信来问伊:究竟是什么意思?伊这时的委曲,更无以自解,想人间无处而不污浊,怯弱如伊,怎能抗拒,再一深念他若因此猜疑,岂不是更无生路了吗?伊深自恨,为什么要爱他,以至自陷苦海!

伊深知人类的嫉妒之可怕,若果那朋友因求爱不得,转而为恨,若只恨伊倒不要紧,不幸因伊而恨他,甚至于不利于他,不但闹出事来,说起不好听,抑且无以对他,便死也无以卸责呵!唉!可怜伊寸肠百回,伊想保全他,只得忍心割弃他了。因写信给他道:——

"唉!烧余的残灰,为什么使它重燃?那星星弱火——可怜的灼闪,——我固然不能不感激你,替我维持到现在,但是有什么意义?不祥如我,早已为造物所不容了,留着这一丝半丝的残喘,受酷苛的冷情!宰割感谢,你不住的鼓励我,向那万一有幸的道路努力,现在恐怕强支不能,终须辜负了你!

我没什么可说,只求你相信我是不祥的,早早割弃我,自奔你光辉灿烂的前程,发展你满腹的经纶,这不值回顾的儿女痴情,你割弃了吧!我求你割弃了吧!

我日内已决计北行,家居实在无聊。况且环境又非常恶劣,我也不愿仔细的说,你所问的话,我只有一句很简单的答复;为各方面干净,还是弃了我吧!我绝不忍因爱你而害你,若真相知,必能谅解这深藏的衷曲。……"

伊的信发了,正想预备行装,似悟似怨的心情,还在流未尽的余泪,忽然那朋友要自杀的消息传来了,其他的朋友,立刻都晓得这信息,逼着伊去敷衍那朋友,伊决绝道:"我不能去,若果他要死了,我偿命是了,你们须知道,不可言说的欺辱来凌迟我,不如饮枪弹还死得痛快呵!"伊第二天便北上了。伊北上以后,那朋友恰又认识了别的女子,渐渐将伊淡忘;灰冷的心又闪灼着一线的残光。——正是他北去访伊的时候。

唉!波折的频来,真是不可思议,这既往的前尘,虽然与韶光一齐消失了,而明显的印影,到如今兀自深刻伊的脑海。

皎月正明,伊那里有心评赏,他的热爱正浓,伊的心何曾离去寒战。

这时伏案作稿的他,微有倦意,放下笔,打了一回呵欠;回视斜倚沙发的伊;面色愁惨:泪光莹莹,他不禁诧异道:"好端端的为什么?"说着已走近伊的身旁,轻轻吻着伊的柔发道:"现在作了大人了,还这样孩子气,喜欢哭。"说着含笑的望着伊;伊只不理,爽性伏在沙发背痛哭了。他看了这种情形,知道伊的伤感,绝不是无因,不免要猜疑:他想道:"伊从前的悲愁,自然是可以原谅,但现在一切都算完满解决了,为什么依旧不改故态,再想到自己为这事,也不知受了多少痛苦,只以为达到目的,便一切好了,现在结婚还不到三天,唉!……未免没有意思呵!"他思量到这里,也由不得伤起心来。

在轻烟淡雾的湖滨,为什么要对伊表白心曲?若那时不说;彼此都不至陷溺如此深,唉!那夜的山影;那夜的波光,你还记得我们背人的私语吗?伊说:伊飘泊二十余年的生命,只要有了心的慰安,——有一个真心爱伊的人,伊使一切满足了,永远不再流一滴半滴的伤心泪了。……那时我不曾对你们——山影波光发誓吗?我从那一夜以后,不是真心爱伊吗?为什么伊的眼泪兀自的流,伊的悲调兀自的弹,莫非伊不相信我爱伊吗?上帝呵!我视为唯一的生路,只是伊的满足呵!伊只不住的弹出这般凄调,露出这般愁容……唉!

伊这时已独自睡了,但沉幽的悲叹,兀自从被角微微透出,他更觉伤心,禁不住呜咽哭了。伊听见这哭声,仿佛沙漠的旷野里,迷路者的悲呼,伊不觉心里不忍,因从床上下来,伏在他的怀里道:"你不要为我伤心,我实在对不住你!但我绝不是不满意你;不过是乐极悲生罢了。夜已深,去睡吧!"他叹道:"你若常常这样,我的命恐怕也不长了。"说着不禁又垂下泪来。

实在说伊为什么伤心,便是伊自己也说不来,或者是留恋旧的生趣,生出的嫩稚的悲感。或者是伊强烈的热望,永不息止奔疲的现状。伊觉得想望结婚的乐趣,实在要比结婚实现的高得多。伊最不惯的,便是学作大人,什么都要负相当的责任,煤油多少钱一桶?牛肉多少钱一片?如许琐碎的事情,伊向来不曾经心的,现在都要顾到了。

当伊站在炉边煮菜的时候,有时觉得很可以骄傲,以为从来不曾作过的事情,居然也能作了。有时又觉得烦厌,记得从前在自己家的时候,一天到晚,把书房的门关起,淘气的小侄女来敲门,伊总不许她进来。左边经,右边史,堆满桌上,看了这本,换那本,看到高兴的时候,提笔就大圈大点起来,心里什么都不关住,只有恣意作伊所爱作的事情。作到倦时,坐着车子,访朋友去。有时独自到影戏场看电影,或到大餐馆吃大餐,只是孤意独行,丝毫不受人家的牵掣,也从来没有人来牵掣伊,现在呢?不知不觉背上许多重担,那得赤条条来去无牵挂呵!

昨夜有一个朋友,送给伊和他一个珍贵的赠品——美丽而活泼的小孩模型。他含笑对伊道:"你爱他吗?……"伊起初含羞悄对,继又想起,从此担子一天重似一天了,什么服务社会?什么经济独立?不都要为了爱情的果而抛弃吗?记得伊的表兄——极刻薄的青年,对伊道:"女孩子何必读书?只要学学煮饭、保育婴儿就够了。"他们蔑视女子的心,压迫得伊痛哭过,现在自己到了危险的地步,能否争一口气,作一个合宜家庭,也合宜社会的人?况且伊的朋友曾经勉励伊道:——

"吾友!努力你前途的事业!许多人都为爱情征服的。都不免溺于安乐,日陷于堕落的境地。朋友呵!你是人间的奋斗者。万望不要使我失望,使你含苞未放的红花萎落!……"

伊方寸的心,日来只酣战着,只忧愁那含苞未放的红花要萎落,况且醉迷的人生,禁不起深思,而思想的轮辙,又每喜走到寂灭的地方去。伊的新家,只有伊和他,他每天又为职业束身,一早晨就出去了,这长日无聊,更使伊静处深思。笔架上的新笔,已被伊写秃了。而麻般的思绪,越理越乱。别是一般新的滋味,说不出是喜是愁,数着壁上的时计,和着心头的脉浪,只是不胜幽秘的细响,织成倦鸟还林的逸音,但又不无索居怀旧之感,真是喜共愁没商量他每说去就来,伊顿觉得左右无依傍。睡梦中也感到寂寞的怅惘。

豪放的性情,不知什么时候,悄悄地变了。独立苍茫的气概,不知何时悄悄地逃了。记得前年的春末夏初,伊和同学们东游的时候,那天正走到碧海之滨,滚滚的海浪,忽如青峰百尺,削壁千仞。直立海心,忽又像白莲朵朵,探蕚荷叶之底,海啸狂吼,声如万马奔腾,那种雄壮的境地,而今都隐约于柔云软雾中了。伊何尝不是如此,伊的朋友也何尝不是如此?便是世界的人类,销磨的结果,也何尝不是如此?

伊少女的生活,现在收束了,新生命的稚蕊,正在茁长,如火如荼的红花,还不曾含苞,环境的陷人,又正如鱼投罗网,朋友呵!伊的红花几时可以开放?伊回味着朋友们的话,唉!真是笔尖上的墨浪,直管浓得欲滴,怎奈伊心头如梗,不能告诉你们,什么是伊前途的运命,只是不住留恋着前尘,思量着往事,伊不曾忘记已往的幽趣。伊不敢忘记今后的努力。

这不紧要几叶的残迹,便是伊给朋友们的赠品,便是伊安慰朋友们的心音了。

黄庐隐

刘大杰

庐隐在《海滨故人》里，描写女主角露沙的相貌和性情说："露沙有一个很清瘦的面庞和体格，却十分刚强。朋友们给她的赞语，是短小精悍。她的脾气很爽快，但心思极深，对于世界的谜，仿佛已经识破，对人们交接，总是诙谐的。"① 我们要知道，《海滨故人》是庐隐前半生的自传，露沙就是庐隐自己，上面这几句话，活动地确切地画出了她自己的相貌和性情。

她今年三十七岁，我们时常叫她"大姐"，她总是笑嘻嘻地答应，昂然以"大姐"自居。真的，在她个人的年龄或是文学的年龄上，她确是我们的一位：姐姐。提到中国新文坛的女作家，资格最老的，谁也承认是冰心与庐隐。冰心做人作文，是温雅细致，庐隐则是豪爽痛快。冰心的作品里，是母亲，小弟弟，高山大海，是家庭的温情和大自然的赞叹；庐隐的作品里，是男学生，女学生，同性爱，多角爱，是爱情的追逐，是悲苦命运者的挣扎。冰心

---

① 引文与初版略有差异。——编注

在燕京的环境里,多少是受了些外国文学的影响;庐隐是女高师国文系出身的,她的作品,很浓厚的呈显着中国旧诗词旧小说的情调。在她早年的小说里,她时常把这位女主角比林黛玉,把那位女主角比薛宝钗,可知《红楼梦》这一类的书,对于庐隐的影响是很大的。这种色彩,在《海滨故人》里最浓厚,好在在她以后的作品里,是一天天地淡了。

这一点却无损于庐隐。我们要注意的,是庐隐的时代。民国八九年,正是庐隐这般女孩子们,在课堂里读骚赋和骈体文的时候。新文学运动起来,她便很锐敏地接受了这种思潮,抛弃了旧文学的观念,用白话文的体裁,写出完全近代式的小说了。并且从那时候起,一直到现在,她没有偷过懒,在她求衣求食的余暇,写了将近十册的作品了。从这一点讲来,在十四年来中国新文学运动的历史上,她是有她应得的地位的。

如果我们可以说,"五四"时代是古典主义崩溃,浪漫精神和人权运动的新生,那末庐隐便是一个时代的典型人物。她当时是一个青年女子,旧势力还是笼罩着全社会的。她当时坚强地向她的母亲,提出非同未婚夫解除婚约不可的严重的抗议了。就因此丧失了母亲的爱,她并不因此伤感。后来经了种种的挣扎,受了社会上种种不好的批评,她毕竟解了约,同个使君有妇的青年(郭梦良)结婚了。她说:"只要我们有爱情,你有妻子也不要紧。"她这种独断独行的自信的态度,同易卜生笔下的娜拉,是有几分相像的。这种事体,现在看来是并不觉得稀奇,然而在当日的环境里,她这种精神是难能可贵的,可以说,是新时代一种极大的力量。

不久,那个同她结婚的青年死去了,遗下了一个不满十个月的女孩子。这时候,她感到了人生的幻灭,她真不知道要如何安排她自己。对于一切的信仰都起了动摇,因此,变成一个理智与情感不调和的女人了。酒瓶和烟卷,几乎时刻不离身,醉倒了大声地哭,大声地笑。完全在一种颓废与放浪的生活里,戕害她自己的身子。可是,她这时期产生的一两种作品,比她从前的和以后的作品,都有力量。

庐隐的作品的范围,是比较窄狭的。在她的笔下,很难得看到有关于社会各方面的描写。这一点她同冰心一样,都比不上丁玲,因为她们对于社会下层和黑暗方面,没有深入,对于那方面的经验,是感着缺乏的。她前年住在上海,身受着"一·二八"中日战争的震动,曾以闸北的大火为题材,写成了一篇题名为《火焰》的战争小说。这篇小说,在庐隐的作品里,表现了不同的作风。现在正在一个杂志上继续地登载。

庐隐健谈。在十个二十个男子的集会里,她可以滔滔不绝地谈着话。假如某一个男人有什么讽刺或是讥笑女性的言语,她便面红耳赤地同你辩论,非叫你认输不止。烟与酒,她近几年来是节制了。三块五块钱的麻将牌,她却欢喜来。牌艺相当高明,手眼又灵敏,她上了桌总是赢的机会多,我们叫她做"常胜将军"。

她的个性极强,几乎什么事都要由她自己自主。她表面是一个乐天主义者,内心却是一个悲观的人。有时酒醉了,有时偶然谈到她悲苦的命运和伤心的往事,她便哭泣起来。然而一过去,她又哈哈大笑,她说她是假装快活。

四年前,她同唯建结婚了。她的精神的和物质的生活,由动摇中又回到了平静。最近一两年,她时时在计划小孩子的教育和小说的写作。不料这次因为生产,患了重病,于五月十三号上午十一点二十分,在上海大华医院的病室里去世了。她遗下两个女孩子,大的十岁,名薇萱,小的三岁,名瀛仙。她是福建闽侯人。

二十三年五月十七

（原载一九三四年六月五日《人间世》第五期）

庐隐论

未明(茅盾)

一

人们正在回忆着十五年前的"五四",人们忽又听说女作家庐隐女士病死在医院里。

这是一个"偶然"。然而庐隐之所以成其为庐隐,却不是"偶然"的;庐隐与"五四"运动,有"血统"的关系。庐隐,她是被"五四"的怒潮从封建的氛围中掀起来的,觉醒了的一个女性;庐隐,她是"五四"的产儿。正像"五四"是半殖民地的中国社会经济的"产儿"一样,庐隐,她是资产阶级性的文化运动"五四"的产儿;"五四"运动发展到某一阶段,便停滞了,向后退了。庐隐,她的"发展"也是到了某一阶段就停滞;我们现在读庐隐的全部著作,就仿佛再呼吸着"五四"时期的空气,我们看见一些"追求人生意义"的热情的然而空想的青年们在书中苦闷地徘徊,我们又看见一些负荷着几千年传统思想束缚的青年们在书中叫着"自我发展",可是他们的脆弱的心灵却又动辄多所顾忌。这些青年,是"五四"时期的"时代儿",庐隐,她带着他们从《海滨故人》到《曼丽》,到《玫瑰的刺》,到《女人的心》,首尾有十三四年之久!在这里,我们就意味着我们所谓"庐隐的停滞"。而因为时代是向前了,所以这"停滞"客观上就成为"后退",虽然庐隐主观上是挣扎着要向前"追求"的。"我的不安于现在,可说是从娘胎里带来的";庐隐,她在《玫瑰的刺》里这样说。可是她对于"现在"的认识却很模糊;她在《亡命》里说,"在我心里最大的痛苦,是我猜不透人类的心;我所想望的光明,永远只是我自己的想望,不能在第二个人心里掘出和我同样的想望"。这永远是庐隐"自己的想望",庐隐她不曾明白表现在作品中;也许那篇寓言体的《地上的乐园》就是她的"想望"的象征,然而那只是一篇美丽的空想的"诗",而且是"神秘"的"诗"。

读了那篇《地上的乐园》,人们会觉得在这里就伏着庐隐作品中"苦闷人生"的根,也会觉得就在这里也伏着庐隐"发展停滞"的根!

二

庐隐的第一短篇小说集是《海滨故人》。这集子里共收小说十四篇,大约是民国十年到十三年这一时期的作品。这一时期,正是所谓"五四"的全盛时代。庐隐那时正在五四运动的中心——北平,她还在女高师读书。"五四"初期的"学生会时代",庐隐是一个活动分子。她向"文艺的园地"跨进第一步的时候,她是满身带着"社会运动"的热气的。

《海滨故人》集子里前头的七个短篇小说就表示了那时的庐隐很注意题材的社会意义。她在自身以外的广大的社会生活中找题材。

我们读了庐隐的全部著作,总觉得她的题材的范围很仄狭;她给我们看的,只不过是她自己,她的爱人,她的朋友,——她的作品带着很浓厚的自叙传的性质。但是我们却不能忘记短篇集《海滨故人》中间有七篇是例外。这七篇是她的初期作品,是同在一个时期内写下来的。那时候,庐隐是朝着客观的写实主义走。例如《一封信》写农民的女儿怎样被土财主巧夺为妾,以至惨死;《两个小学生》写军阀政府轰打请愿的小学生;《灵魂可以卖么?》写纱厂女工;《余泪》写一个真正为"和平"而殉道的女教士;即如《月下的回忆》虽然只能说是一篇小品,但作者很沉痛地告诉我们,日本帝国主义怎样用他们的"帝国教育"来麻醉大连的中国儿童,用吗啡来毒害大连的中国成人。是的,那时候向"文艺的园地"跨进第一步的庐隐满身带着"社会运动"的热气!虽然这几篇在思想上和技术上都还幼稚,但"五四"时期的女作家能够注目在革命性的社会题材的,不能不推庐隐是第一人。这几篇,虽然幼稚,但证明了庐隐如果继续向此路努力不会没有进步。《两个小学生》就很使人感动。我们看了这两位请愿受伤的小英雄的故事,我们明明白白看到那时候教育界的"正人君子"所谓"小学生无知盲从,受人利用"那些话,是怎样的卑劣无耻,替军阀政府辩护;我们看了这两位小英雄的坚决勇敢,我们忍不住要大叫一声:敬礼!

但是此后,跟着五四运动的落潮,庐隐也改变了方向。从

《或人的悲哀》(短篇集《海滨故人》的第八篇)起到最近,庐隐所写的长短篇小说,在数量上十倍二十倍于她最初期诸作,然而她告诉我们的,只是一句话:感情与理智冲突下的悲观苦闷。《或人的悲哀》中的主人公亚侠说:"我心彷徨得很呵!往那条路上去呢?……我还是游戏人间罢!"《丽石的日记》中的主人公丽石,《彷徨》的主人公秋心,《海滨故人》中的主人公露沙,可说都是亚侠的化身,也就是庐隐她自己的"现身说法"。自然,我们也承认这一串的"现身说法"也有其社会的意义。因为这也反映着"五四"时代觉悟的女子——从狭的笼里初出来的一部分女子的宇宙观和人生观。然而我们很替庐隐可惜,因为她的作品就在这一点上停滞。

因为大约十年以后庐隐她写《归雁》和《女人的心》这两个中篇,她并没给我们什么新的,她这两个中篇依然是《海滨故人》的"继续"。虽然《海滨故人》中的主人公露沙的苦闷彷徨,和《归雁》中的"我",《女人的心》中的素璞,稍有程度上的不同,然而本质上是一样的,尤其是这三位女主角都是幻想很旺,非常sentimental,有一颗"禁不起挑拨的心"!

三

《曼丽》是庐隐的第二短篇小说集。这本集子上有庐隐的短短的自序,告诉我们,这是在一九二七年九月以前四五个月里写的十八篇,是在她"从颓唐中振起的作品,是闪烁着劫后的余焰"。

一九二七是民国十六年,离开《海滨故人》集的"问世"已经有三年之久了。这三年中间,庐隐大概没有什么"出产"。而不生产的原因大概是庐隐生活上的"伤痕"(她的爱人郭梦良死了),使她一时"颓唐"起来。

《曼丽》集所收的十八篇,一小半是小品文;题作集名的那篇《曼丽》也不是结构谨严的短篇小说。在庐隐的全部著作中,这《曼丽》集算不得怎样重要。但是要知道庐隐"发展"的过程,这《曼丽》集很给了我们一些消息。这集子上有瞿菊农的一篇序;他说:"这本小说集与《海滨故人》很有不同的地方。就内容说,《曼丽》的取材,范围要比《海滨故人》宽些,例如《房东》一篇,《海滨故人》集子就不会有。《海滨故人》集子里据我猜想大部分是作者自身的直接的描述,好处是亲切;在这本集子里,虽则大部分还是自身经验的描述,但要比较蕴蓄些。《海滨故人》集子里,很多热烈的感情,对于人生的感觉是直接的;在这本集子里,所表现的感情是很深挚的,对于人生的感觉,似乎比较深切些。《海滨故人》集子里很多爆发式的感情,在这本集子里比较的经过一番洗炼工夫。我并不是对这两本集子有所抑扬,只觉得两本的内容的确不同,最大的原因恐怕是近年来,作者生活上有变动,从前是春夏之气,现在不免有初秋的意味。"我们对于瞿先生的意见有同感。《曼丽》集和《海滨故人》集内容不一样。但是瞿先生着眼在这两本集子里感情表现的方式,我们则着眼在这两本集子里的题材。一位作家在某一时期的宇宙观和人生观在他所处理的题材中也可以部分的看出来。《曼丽》集中除了几篇小品而外,大多数表示了作者颇想脱落那《或人的悲哀》以来那件幻想的 sentimental 的花衫,而企图从新估定人生的价值。于是在《时代的牺牲者》,在《一幕》,在《憔悴梨花》,这几篇里,庐隐把婚姻问题和男女问题不当作单纯的恋爱问题而当作社会问题提了出来。在《风欺雪虐》和《曼丽》中,庐隐给我们看"恋爱失败后转入革命的女子",以及大革命时代一个女子的幻想和失望。在《房东》里,庐隐怀疑了近代的"都市文明",感染起"怀乡病"来。这些,都是《海滨故人》集子里没有的。这些,虽然观察得并不深刻,意识也不大正确,可是这些到底表示了作者颇想从她自己的"海滨故人"的小屋子里走出来。

这是庐隐第二次的"转向"。促成她这一转的,与其说是她个人生活上的变动,倒不如说是时代的暴风雨的震荡。她这一转动,虽然微弱到几乎不惹人注意,然而在她的"创作生活"中是一个值得注意的波澜。

四

庐隐她只在她那"海滨故人"的小屋子门口探头一望,就又缩回去了。以后,她就不曾再打定主意想要出来,她至多不过在门缝里张望一眼。以后三四年中间,她的作品的生产量比前两期多了,可是内容还只有那么一点。

我们拿《灵海潮汐》和《玫瑰的刺》这两本短篇集来看罢,我们实在说不出这两本后出的短篇集和十年前出世的《海滨故人》的后半部有什么本质上的差别。亚侠,或是丽石,或是露沙,换了一身打扮,在《灵海潮汐》和《玫瑰的刺》里出现;打扮虽然不同,可是我们认得她们是十年前的亚侠她们呀!十年的颠沛生活使得她们的一个"化身"(《胜利以后》的沁芝,见《灵海潮汐》集)说:"当我们和家庭奋斗,一定要为爱情牺牲一切的时候,是何等气概?而今总算都得了胜利,而胜利以后原来依旧是苦的多乐的少,而且可希冀的事情更少了,可借以自慰的念头一打消,人生还有什么趣味?从前以为只要得一个有爱情的伴侣,便可以度我们理想的生活,现在尝试的结果,一切都不能避免事实的支配,超越人间的乐趣,只有在星月皎洁的深夜,偶尔与花魂相聚,觉得自身已徜徉四空,优游于天地之间"。这不是《海滨故人》里那种"爆发式的感情"了,但这正是"爆发式的感情"必不可免的辩证法的发展。亚侠她们为了"找求人生意义"而苦闷(虽然她们终于"找得"了人生的意义只是恋爱),但沁芝她们却因为"发见了"人生终究"无意义"而悲哀。十年的时光不是没有痕迹的,亚侠她们老了!

即使在处理"恋爱问题"的时候,庐隐也更加显明地为"精神恋爱"说教了。《父亲》写一个儿子对于和他一般年纪的庶母的爱恋,这爱恋是"精神的"。《恋史》也是这么一种色调。中篇《归雁》也不是例外。虽则《归雁》里的心理描写比较复杂得多,但主人公的故意"放浪"要使她的恋人灰心,这一"手段"出发的根源,还是为的她主张"精神恋爱"而对方则不愿,于是乎主人公不得不用这样的"苦肉计"以求"保全"她所爱的人,免得他一天一天消沉颓唐起来。

《女人的心》的主人公素璞似乎比《归雁》中的主人公"现实"一些,然而她那最后的办法也正和《归雁》里主人公最后的

"手段"有点"异曲同工"。《树荫下》的主人公沙冷说:"我是一个最脆弱的人……我尊重情感的伟大,它是超出宇宙一切的束缚的,——然而我一面又反抗感情的命令,我俯首生活于不自然的规律下,……行云,你知道我平生最大的苦闷,就是生活于这不可调解的矛盾中呵!"这一句话,就说尽了庐隐作品中所有的重要人物的性格!作为一种社会现象来看,我们并不一定要反对一位作家描写了这样的"人物",然而庐隐给我们看的,未免太多了,多到使我们不能不厌倦。

五

庐隐作品的风格是流利自然。她只是老老实实写下来,从不在形式上炫奇斗巧。她的前期的作品(包括短篇集《海滨故人》及《曼丽》),结构比较散漫;《海滨故人》那样长的短篇作品,故事的结构颇觉杂乱,人物很多,忽而讲到这个,忽然又讲到那个,"控制"不得其法。她的后期的作品如《归雁》和《女人的心》就进步得多了。并且前期作品内那些过多的"词藻"也没有了。

庐隐未尝以"小品"文出名。可是在我看来,她的几篇小品文如《月下的回忆》和《雷峰塔下》似乎比她的小说更好。那篇"散记"式的《玫瑰的刺》也是清丽可爱的。今年的文坛大有小品文"值年"的神气,然而庐隐却在此时死了,这不能不说是一个损失。

在小品文中,庐隐很天真地把她的"心"给我们看。比我们在她的小说中看她更觉明白。她不掩饰自己的矛盾(她这种又

天真又严肃的态度在她的小说中也是一贯,这是她叫人敬重的一点)。现在我们引她那篇《醉后》里的几句话收束这篇短论罢:

> 我是世界上最怯弱的一个,我虽然硬着头皮说"我的泪泉干了,再不愿向人间流一滴半滴眼泪",因此我曾博得"英雄"的称许,在那强振作的当儿,何尝不是气概轩昂……
>
> 我静静在那里忏悔。我的怯弱,为什么总打不破小我的关头。我记得,我曾想象我是"英雄"的气概,手里拿着明晃晃的雌雄剑,独自站在喜马拉亚的高峰上,傲然的下视人寰。仿佛说:我是为一切的不平,而牺牲我自己的,我是为一切的罪恶,而挥舞我的双剑的呵!"英雄",伟大的英雄,这是多么可崇拜的,又是多么可欣慰的呢!
>
> 但是怯弱的人们,是经不起撩拨的。……

一九三四,六,七

(原载一九三四年七月一日《文学》第三卷第一号)

图书在版编目(CIP)数据

海滨故人/庐隐著. -北京:北京燕山出版社,2017.10
ISBN 978-7-5402-4727-0

Ⅰ.①海… Ⅱ.①庐… Ⅲ.①小说集-中国-现代 Ⅳ.①I246

中国版本图书馆CIP数据核字(2017)第257141号

海滨故人

庐隐 著
丛书主编/陈子善
策　　划/赵东明
责任编辑/尚燕彬　金　东
装帧设计/小　贾　张　佳

北京燕山出版社出版发行
北京市丰台区东铁营苇子坑路138号嘉城商务中心C座　邮编100079
全国新华书店经销
北京市松源印刷有限公司印刷

开本787×1092　1/32　印张7　插页4　字数136,000
2018年10月第1版　2018年10月第1次印刷

定价:38.00元

版权所有　盗版必究